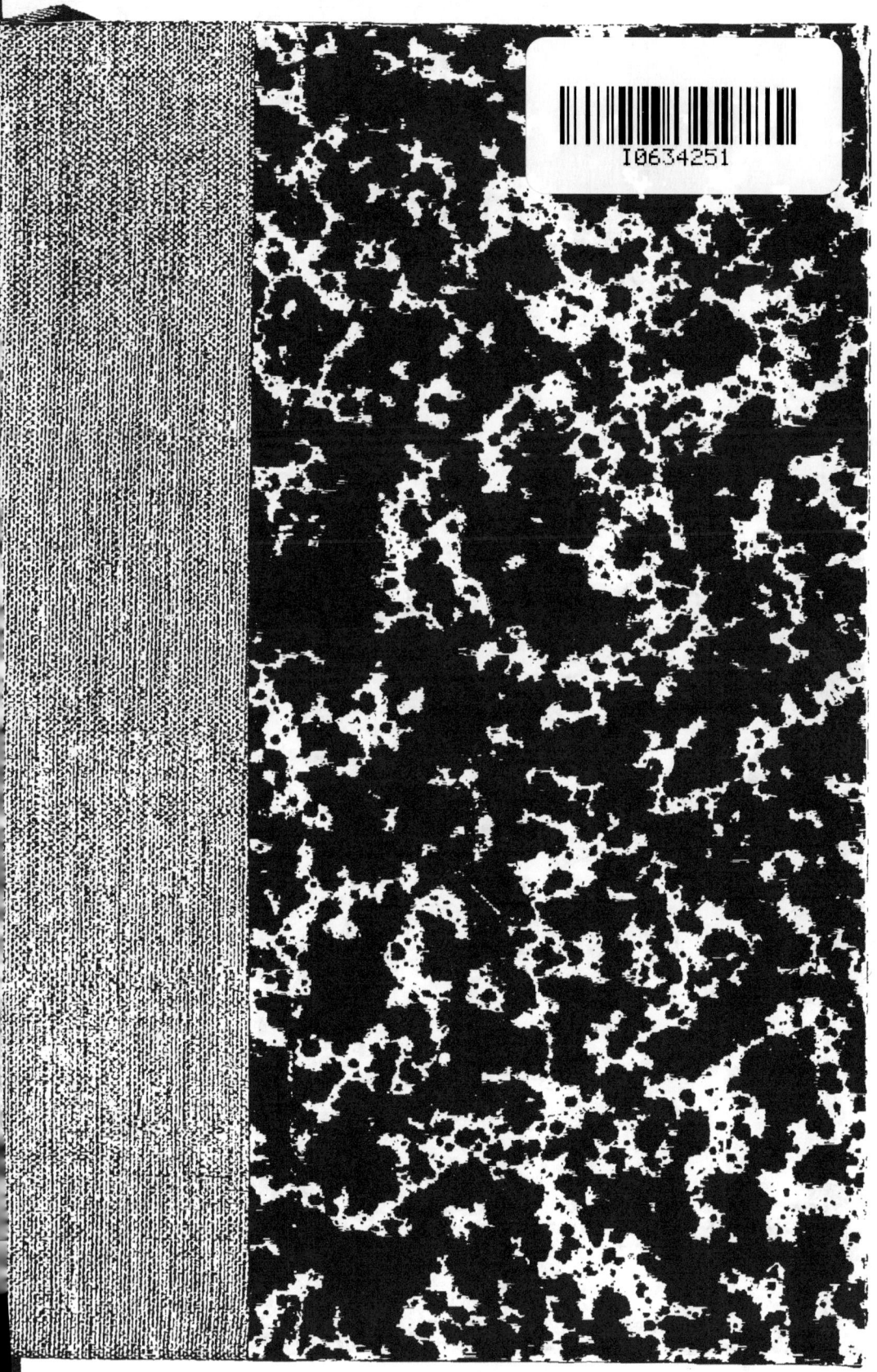
I0634251

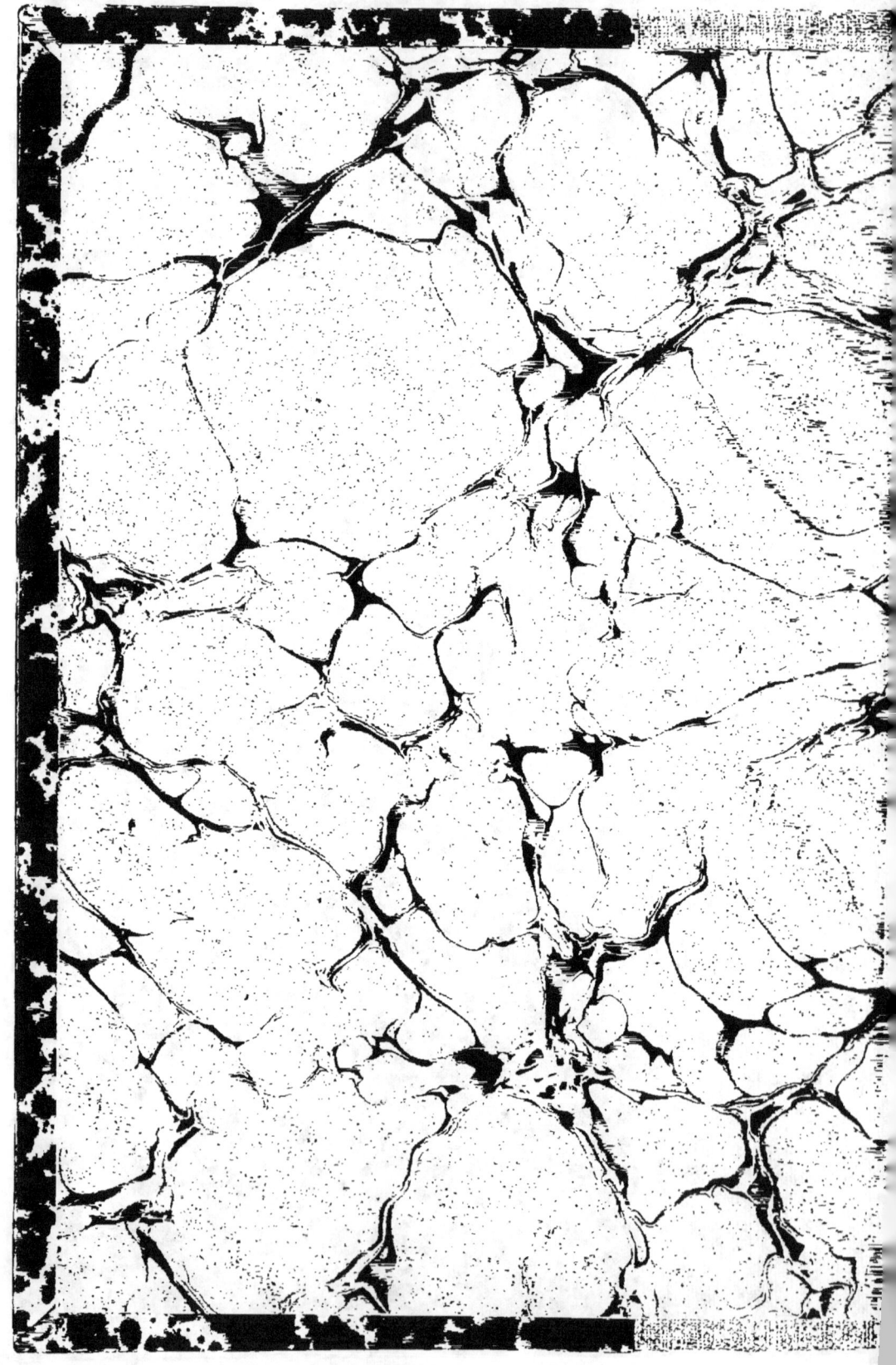

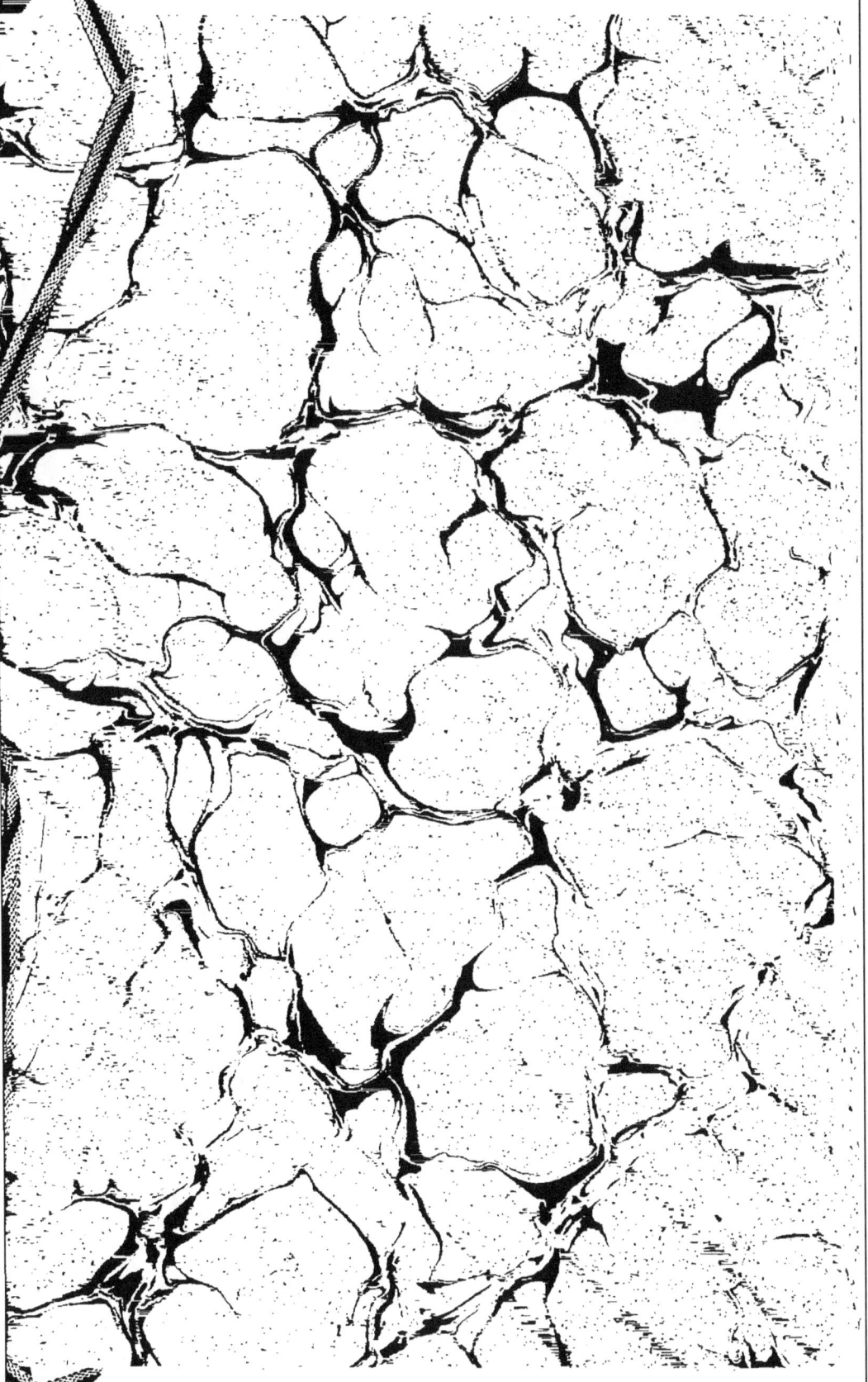

J. GERMAIN-LACOUR

Les

Temples vides

PARIS

ALPHONSE LEMERRE, ÉDITEUR

23-31, PASSAGE CHOISEUL, 23-31

M DCCC XCI

Les Temples vides

« A de certains soirs, l'être le plus dé-
taché des choses humaines sent en lui
comme une grande pitié sans cause, et
comme un grand amour sans objet ; et
cette pitié et cet amour se confondent
dans son âme en un seul sentiment, triste
et obscur, et pareil à ces temples vides
qu'Hadrien élevait et qui n'étaient consa-
crés à aucun dieu... »

JULES TELLIER.

DU MÊME AUTEUR :

—— —

J. GERMAIN-LACOUR

Les
Temples vides

PARIS

ALPHONSE LEMERRE, EDITEUR

23-31, PASSAGE CHOISEUL, 23-31

M DCCC XCI

Prologue

PROLOGUE

Je n'écris pas pour les mystiques :
Je ne suis pas sûr de leur ciel ;
Mes chansons font peur aux cantiques,
Mon rêve au dogme essentiel.

Je n'écris pas pour les athées :
Leur néant, je n'en suis pas sûr :
Dans mes heures désenchantées,
J'ai trop regardé vers l'azur.

Je recueille des pleurs qui tremblent
En moi durant les longues nuits;
J'écris pour moi d'abord, et puis
Pour deux ou trois qui me ressemblent.

I

Élévations

AMITIÉ

A R. L.

Puisque l'heure présente est si triste et si dure
Que tout nous est douleur en ce rude chemin,
Sauf de rêver, — hélas! aucun rêve ne dure! —
Ami, viens avec moi, mets ta main dans ma main.

Ensemble remontons vers les heures passées,
Laissons saigner nos cœurs s'ils ne sont pas guéris,
Laissons pleurer nos yeux du mal de nos pensées,
Et prions à genoux sur nos tombeaux chéris.

Puis, dans notre passé, tout ne fut pas que larmes.
Salut au Souvenir divin et souriant !
Si trop souvent pour nous les soirs furent sans charmes,
Pourtant nous avons vu l'étoile à l'Orient !

Et de quels cris joyeux nous l'avons saluée,
L'étoile de l'Amour qui montait dans nos cieux !
Mais l'astre s'est caché derrière la nuée,
Nos cœurs sous le ciel noir restent silencieux.

Maintenant nous voyons avec un œil d'envie
Nos compagnons, qui vont d'un pas délibéré
Et passent en sifflant près de nous dans la vie ;
Ils sont forts, ils sont gais, ils n'ont jamais pleuré !

Le rire à tout instant de leurs lèvres s'envole ;
Leur âme saine et franche apparaît au travers ;
Leur chanson coutumière est la chanson frivole...
Moi, je pleure toujours en écrivant mes vers !

Sont-ils donc différents et nés d'une autre race
Qu'ils marchent sans effort où nous passons courbés?
Mais notre cœur à nous ne portait pas cuirasse;
Ils marchent triomphants, et nous sommes tombés!

Dans le sentier étroit et rude ils sont à l'aise;
Où nous allons pleurant, gaiement ils sont allés;
C'est leur patrie, ils sont chez eux, rien ne leur pèse...
Mais nous, de quel pays sommes-nous exilés?

De quel pays plus beau, puisque dans cette vie
Tout nous est meurtrissure, affliction et deuil?
Pour eux rien que des fleurs sur la route suivie;
Mais nous, à chaque pas nous heurtons un cercueil!

Qu'elle est longue, l'allée étroite et solitaire
Où dans leurs tombeaux froids nos chers morts sont rangés!
Voici les tiens. Voici les miens. Mais, sous la terre,
Tes morts aimés aux miens ne sont pas étrangers.

Car notre affection les unit dans la tombe.
Les voici, tous leurs noms que notre cœur mêla.
L'autre les veillerait, si l'un de nous succombe !
A genoux, à genoux ! Tiens, nos mères sont là !

Ah ! les sanglots sans fin ! et les larmes amères
Que je pleurai le jour où la mienne partit !
Si jeunes nous avons tous deux perdu nos mères !
Tu n'étais qu'un enfant, et j'étais bien petit !

Nous en pouvons parler fièrement et sans craintes :
Nul ne démentira notre culte si pur.
C'étaient des cœurs profonds, c'étaient des âmes saintes,
Qui suivirent toujours le chemin droit et sûr.

Chères mortes, à qui nous ne parlons qu'en rêve,
Près de vous notre cœur se fût mieux défendu !
C'est pourquoi nous pleurons et pleurerons sans trêve
Ce doux et tiède abri que nous avons perdu !

COMPARAISON

Lorsque l'hirondelle se pose
Au bord du toit solide et sûr,
Qui devinerait ce qu'elle ose
Dans les profondeurs de l'azur ?

Sitôt qu'elle a plié son aile,
Dans le voisinage des nids,
Aucun signe ne reste en elle
De l'essor aux cieux infinis.

L'âme ainsi paraît différente,
Selon qu'on la voit tour à tour
L'aile pliée, ou bien errante
Aux cieux du rêve et de l'amour.

DIES IRÆ

Judex ergo cùm sedebit,
Quidquid latet apparebit.

Si, comme on nous l'annonce en paroles précises,
Et comme tout Chrétien le confesse et le croit,
Dieu doit venir juger, en de larges assises,
Les hommes appelés par l'Ange au même endroit,

Ceux qui furent, ceux qui seront et nous qui sommes :
La honte de ce jour et l'horreur de ce lieu,
Ce sera que les cœurs seront nus pour les hommes ;
Nous aurons moins d'effroi d'être nus devant Dieu.

Car le Dieu tout puissant de l'église ou du temple,
Le Dieu que notre bouche enfantine épela,
S'il nous voit, c'est depuis toujours qu'il nous contemple,
Et rien ne lui sera dévoilé ce jour-là.

C'est nous qu'affolera l'horreur des âmes nues,
Quand nous découvrirons avec étonnement
Les vices ignorés, les laideurs inconnues ;
Car nous ne savons pas combien l'homme nous ment !

Nous nous vantons en vain d'être des pessimistes,
Nous exceptons toujours de nos plus fiers mépris,
Pour y trouver un doux asile aux heures tristes,
D'autres cœurs où nos cœurs veulent de sûrs abris.

Ah ! ces moments seront féconds en épouvantes,
Quand nous regarderons s'écrouler devant nous,
Argile au lieu d'or pur, les idoles vivantes
Que notre foi pieuse adorait à genoux !

Heureux ceux qui verront leur plus douce chimère
Revêtir à jamais un éclat immortel !
Ceux qui comme une Sainte ayant prié leur mère,
Ne seront pas forcés de renier l'autel !

Je serai de ceux-là... Pourtant j'ai peur quand même !
Je n'eus pas que l'amour filial sous les cieux !
On ne devrait choisir que l'âme, quand on aime...
J'avais choisi son âme en regardant ses yeux !

Et je pense à tous ceux qui, tentés par des lèvres,
Ignorant sur quels seins leurs fronts se sont posés,
Se laissent aveugler de désirs et de fièvres,
Sans connaître les cœurs au delà des baisers.

Pour eux commenceront les heures douloureuses,
Quand leur apparaîtra l'horrible vision :
L'âme que leur cachait le front des amoureuses !
Ils pleureront sans fin la douce illusion !

Si c'est là ta vengeance, ô Dieu qui nous accables,
Si c'est là le tourment qui ne doit pas finir,
Ils doivent contenter tes rigueurs implacables,
Et tu n'as plus besoin d'autre enfer pour punir !

L'AME DE DIEU

L'AME de Dieu, trop loin cachée,
Je vais l'interrogeant toujours ;
Et mes rêves et mes amours
Longtemps et partout l'ont cherchée.

J'ai cru la voir dans le ciel bleu,
Dans des yeux de femme peut-être...
Hélas ! j'ai dû le reconnaître :
Ce n'était pas l'âme de Dieu.

Silencieuse et fugitive,
Mieux que dans le ciel ou l'amour
Elle m'est apparue un jour
Dans un frisson de sensitive.

MÉDITATION

I

Quand je pense aux hasards qui m'ont créé mon âme,
— Religion, climat, coutumes et milieu; —
Quand, rebelle à la Foi d'où brillait toute flamme,
Je suis l'obscur chemin qui m'éloigne de Dieu :

Je trouve des sentiers où s'égare mon rêve,
En ces vagues pays de la Fatalité;
Et parfois, dans la nuit, la vision se lève
De ce qui, n'étant pas, pourrait avoir été.

De tout temps, je le crois, la force de mon être
Frémissait vers la vie, aux limbes du hasard;
Elle est née en tel jour, mais elle aurait pu naître
Peut-être un peu plus tôt, peut-être un peu plus tard.

Je veux, imaginant mon âme différente,
La regarder agir dans l'Espace et le Temps;
Je veux poursuivre, au gré de ma pensée errante,
Ces folles visions et ces rêves flottants.

Mais j'ai beau varier siècles et latitudes,
Multiplier les ans vécus et les décors,
Mon âme y peut changer en quelques habitudes,
Mais elle ne suit pas tous les hasards du corps.

Elle ne peut se perdre en l'océan des causes;
Et toujours, et partout, l'amour essentiel
La marque et la distingue en ses métamorphoses :
L'amour de l'Idéal et des clartés du ciel.

II

Le ciel est immuable en ses riches féeries ;
Il n'a rien inventé pour mieux ravir nos yeux ;
Et la nuit étoilée offre à nos rêveries
Le magique décor qui charmait les aïeux.

N'espérez pas, vous qui naîtrez, que la Nature
Enrichira pour vous le prisme des couleurs ;
Car sa beauté passée est sa beauté future ;
Aucun parfum nouveau ne vous viendra des fleurs.

Mais ce qui s'agrandit, et jamais ne s'achève,
Et nous porte plus haut toujours, c'est l'Idéal,
Puisque nous résumons dans ce mot tout le rêve,
Et toute la tendresse, et tout l'effroi du mal.

Des poètes divins ont embelli nos songes;
Le ciel intérieur a plus d'astres par eux.
D'autres demain viendront, par de plus doux mensonges,
Mettre une étoile d'or au cœur des amoureux.

III

J'y pense avec effroi. Si j'étais venu vivre,
Voici plus de cent ans, dans ce monde imparfait,
Je serais mort, n'ayant pas lu plus d'un beau livre,
Sans avoir eu le cœur que ces livres m'ont fait.

Ce qui, comme un vin pur, m'a grisé jusqu'aux moelles
D'enthousiasmes fiers et d'orgueilleux émois,
Ce ne sont pas les clairs soleils, ni les étoiles,
Ni les plaines, ni les grands lacs, ni les grands bois.

Les bois, les lacs, les cieux m'ont donné leurs extases ;
J'ai connu la douceur des horizons lointains ;
Mais la beauté des mots, des rythmes et des phrases
M'a rendu moins sensible aux splendeurs des matins.

Ailleurs tous mes désirs ! Ailleurs toutes mes fêtes !
J'aime ce que les morts couchés dans leurs tombeaux
Ne connaîtront jamais : les rêves des poètes
Qui font mon siècle à moi plein de frissons nouveaux !

Un vent slave a soufflé sur mon âme latine.
Voici ceux de chez nous qui m'ont créé mon cœur :
Chénier, Hugo, Vigny, Musset et Lamartine ;
Ils ont vers l'Idéal haussé mon front vainqueur.

Un autre m'a parlé de nos vaines tendresses ;
Et d'autres sont venus me vanter à leur tour,
Pour apaiser mon âme en ses longues détresses,
L'illusion féconde et l'immortel amour.

Oh! comme il ferait noir en moi sans leurs lumières !
Comme j'aurais compris pauvrement l'univers,
Si je n'avais pas eu les flammes coutumières
Dont mon cœur ébloui s'illumine à leurs vers !

Aussi je plains les morts d'être nés à la vie
Alors qu'il manquait tant à l'idéal humain...
Mais moi, je vais mourir à mon tour ! Et j'envie
Ceux qui, plus fortunés, ne naîtront que demain.

IV

Car je n'entendrai pas les poètes sublimes,
Qui, déchiffrant l'énigme écrite au front des cieux,
Conduiront ces élus sur de plus hautes cimes
Qu'un nuage profond cache encore à nos yeux.

Un autre aussi viendra, moins hardi, mais plus tendre,
Lire le mot obscur en nos cœurs enfermé.
Et je ne serai plus, ce jour-là, pour l'entendre!
Pourtant c'est celui-là que j'aurais tant aimé!

Mais je ne serai plus à l'heure précieuse;
Je mourrai sur le seuil d'un palais interdit.
O toi que j'attendais en mon âme anxieuse,
Qui sauras le secret qu'on ne m'aura pas dit!

Quand les peuples vivants salueront ta venue,
Souviens-toi de donner une pensée aux morts;
Et plains-nous, en songeant que ta voix inconnue
Nous eût rendus meilleurs, plus justes et plus forts.

NOCTURNE

Il fut un temps, j'avais cette foi dans les moelles :
Tout l'univers créé pour nous, nous au milieu ;
Et j'aimais bien la nuit, la nuit pleine d'étoiles,
Bonté, toute-puissance et gloire de mon Dieu.

Ma raison s'est posé, depuis, de grands problèmes ;
Et je n'assiste plus avec sécurité
Aux spectacles des nuits qui sont pourtant les mêmes :
Le mystère des cieux m'en cache la beauté.

RÉFLEXION

Mon âme, vois Jésus, d'épines couronné.
Sur la montagne sainte où son gibet se dresse,
Il met dans un seul cri sa plainte et sa tendresse :
Mon Dieu ! mon Dieu ! pourquoi m'avoir abandonné !

Ce cri divin de siècle en siècle a résonné ;
C'est le suprême appel aux heures de détresse ;
C'est l'adieu des mourants qu'un dernier râle oppresse :
Mon Dieu ! mon Dieu ! pourquoi m'avoir abandonné !

— Jésus se plaint à tort en sa douleur féconde :
Quand on souffre et qu'on meurt pour le rachat d'un monde,
Il est doux de crier : *Lamma Sabacthani !*

Mais nous plions en vain sous les destins sévères,
Pas un seul d'entre nous n'est le Sauveur béni,
Hélas ! et nous montons pour rien sur nos calvaires !

PENSÉE DE DÉCEMBRE

Il fait froid. La forêt est sombre, le cœur sombre ;
Partout l'hiver triomphe et s'installe en vainqueur.
Ainsi que la forêt, le cœur est rempli d'ombre.
La forêt est pourtant moins triste que le cœur.

Elle sait le retour des frondaisons prochaines,
Quand le soleil d'avril luira, joyeux et clair ;
Un espoir infini gonfle l'âme des chênes...
Mais le cœur ne sait pas quand finira l'hiver.

SOUS LA NEIGE

I

Souviens-toi! Le printemps a fleuri dans les roses,
Et — souviens-toi! — ton cœur a fleuri dans l'amour.
L'amour et le printemps sont loin! Les jours moroses,
Après les jours heureux, sont venus à leur tour.

Les champs sont nus et froids, les plaines sont arides;
Çà et là des cailloux percent le sol meurtri;
La terre dépouillée a maintenant des rides,
Et tout ce qui fut jeune et riant est flétri.

Aussi c'est un bienfait que la nature envoie,
Quand la neige légère, éparse dans son vol,
Silencieusement et lentement s'éploie
Et ouate de douceur les duretés du sol.

II

De même, lorsque tout est défleuri dans l'âme,
Rien n'y rappelle plus la jeunesse du cœur;
Tout ce qui fut parfum, chanson, couleur et flamme,
A cédé peu à peu devant l'hiver vainqueur.

La nudité brutale et la laideur vulgaire
Te font l'âme pareille au sol disgracieux;
Tout est pleurs et souffrance où tout chantait naguère,
Et c'est l'hiver du cœur, et c'est l'hiver des cieux.

Et ton âme se sent honteuse d'être nue.
Mais comme sur les champs tristes et ravagés
La neige bienfaisante un matin est venue,
Sur toi le rêve ainsi tombe en flocons légers.

Laisse-le dans ton cœur engourdir les blessures,
Cacher ton mal sanglant sous ses froides pâleurs ;
Regarde s'effacer les vieilles meurtrissures
Et disparaître enfin la trace des douleurs.

Laisse neiger le rêve ! Et qu'il ensevelisse
Sous un épais linceul ce qui fait tant souffrir !
Qu'il abrège pour toi l'inutile supplice
De dénombrer ses maux sans pouvoir les guérir !

Alors tu monteras au balcon solitaire,
A l'heure où le soleil à l'horizon décroît ;
Et ton âme sera blanche comme la terre
Sous un ciel de décembre indifférent et froid.

MUSIQUE

J'ai trop lu. Quand je prends un livre, bien souvent,
J'ai peur de retrouver, en des phrases connues,
Les mêmes mots pompeux cachant les laideurs nues,
Et, le livre fermé, de moins sentir qu'avant.

Ah! qui remplacera le livre décevant?
Ses ivresses ne vont qu'aux âmes ingénues;
Mais ces ivresses-là ne m'en sont pas venues;
Le livre est-il trop simple ou mon cœur trop savant?

Musique, j'ai recours à toi. Sois-moi clémente;
Sois pour mon cœur plaintif la Madone et l'Amante;
Sauve-le de l'ennui, du spleen et du dégoût;

Emporte loin d'ici ma pauvre âme lassée
Vers un songe mystique et vague, absent de tout,
Loin, plus loin, par delà l'Image et la Pensée!

LE REFUGE

Si j'avais pu choisir le moment de ma vie,
Je n'aurais pas élu ce siècle finissant.
Sur les chemins futurs, sur la route suivie,
Je prévois et j'ai vu trop de haine et de sang,
Et vers les jours passés je tourne un œil d'envie.

O temps évanouis à jamais loin de nous,
Où la Foi glorieuse était la sœur du Rêve !
On priait à genoux, on aimait à genoux ;
Et dans les jours trop courts l'heure coulait trop brève.
Mais les temps sont passés des simples et des doux !

Ces temps sont bien finis, et l'heure est à la foule,
Et la foule à présent ne lève plus les yeux ;
Un appétit rugit en elle, qui refoule
Le besoin de chanter, de rêver sous les cieux :
Elle se rue à l'or avec un bruit de houle.

Suis-la pourtant, hélas ! la vie est à ce prix !
Suis, il le faut ! Mais rends insulte pour insulte ;
Par tes mépris hautains réponds à ses mépris ;
Garde pour ta chimère et garde pour ton culte
Le refuge idéal de tes plus fiers abris.

Qu'il soit fier, qu'il soit pur, qu'il soit haut, ton Refuge !
Mets-le sous l'œil de Dieu, si tu peux croire en lui ;
Fais-toi, par la Prière, un ami de ton juge ;
Qu'il soit, aux jours mauvais, ta force et ton appui ;
Sois dans l'arche mystique errant sur le déluge.

Mais si contre la Foi ta raison se défend,
Si l'atmosphère lourde, épaisse et meurtrière,
A tué pour jamais les candeurs de l'enfant
Et les illusions saintes de la Prière,
Tourne ton front blessé vers l'Amour triomphant.

Prends garde que ton cœur ne se trompe et repousse
Ce rayon descendu pour toi des cieux fermés,
Doux comme une clarté de lune sur la mousse.
Sache-le, les meilleurs, ce sont les mieux aimés ;
Et l'Amour, l'Amour vrai, c'est la Vertu plus douce.

Ah ! combien d'entre nous n'auront jamais leur jour !
Combien ne connaîtront jamais la grande ivresse !
Mais l'Amitié leur garde un refuge en retour ;
Tout sentiment est tendre aux cœurs pleins de tendresse ;
On pleure d'amitié comme on pleure d'amour.

Et si l'homme et la femme et Dieu trouvent indignes
Les appels suppliants de ta sincérité,
Adore la splendeur des formes et des lignes,
Adore toute paix et toute pureté :
Le calme des forêts et la blancheur des cygnes.

Donc élève ton cœur. Choisis autour de toi
Cette mystérieuse et suprême retraite
Où tu pourras trouver asile aux jours d'effroi.
Nul ne t'y troublera, car la foule est distraite.
— Croyant, Amant, Ami, Rêveur, écoute-moi.

Lorsque tu seras las d'avoir suivi ta route
Sur les chemins sanglants pleins de cris et de pleurs,
Viens où ton cœur se plaît, répands ton âme toute,
Et dis tous tes sanglots, dis toutes tes douleurs,
Puisque ce n'est que là qu'on t'aime et qu'on t'écoute.

Là seulement. Partout ailleurs sois averti
Que tu souffrirais trop à te montrer toi-même.
Et, si l'âme survit au corps anéanti,
Mets ton dernier espoir en cet abri suprême,
Car c'est là que ton cœur n'aura jamais menti.

AU BORD DE LA MER

LA plage est couverte d'enfants
Dont les jeux chantent l'allégresse ;
Ils sont rieurs et triomphants...
Comment leur viendra la tristesse ?

Si la gaieté quitte leur front,
Le moment d'après l'y ramène...
Un jour ces âmes s'ouvriront
A la grande douleur humaine.

Comment cela se fera-t-il ?
Soudainement, dans un orage ?
Ou par le glissement subtil
D'un peu d'eau de chaque nuage ?

L'âme, d'un grand chagrin d'amour,
Ou d'une tendresse ravie,
Peut recevoir en un seul jour
De quoi pleurer toute la vie.

Nulle n'est plus noble que toi,
Ame qu'un seul deuil emplit toute !
J'ai senti bien longtemps en moi
Les douleurs tomber goutte à goutte.

Goutte à goutte elles ont comblé,
D'une chute insensible et sûre,
Tout mon cœur, ainsi que le blé
Remplit grain à grain la mesure.

Que ce soit l'œuvre d'un moment
Ou l'œuvre de longues années,
La tristesse éternellement
Guette les âmes condamnées.

J'y songe en voyant ces enfants
Dont les jeux chantent l'allégresse ;
Ils sont rieurs et triomphants...
Comment leur viendra la tristesse ?

LA PITIÉ DU SOLEIL

Salut à toi, soleil, gloire et force du monde!
C'est toi qui fais briller le radieux printemps,
C'est toi qui répands l'or des midis éclatants,
Et qui teins les moissons de la terre féconde.

Tu revêts de soyeux tapis le sol immonde;
Puis, la porte du ciel ouverte à deux battants,
Les insectes ailés et les oiseaux chantants
Volent éperdument dans ta lumière blonde.

Béni sois-tu, splendide et généreux soleil!
Mais laisse-moi t'aimer pour le pâle réveil
Dont tu donnes la joie à l'être le plus sombre.

Voici que, tressaillant en leur morne langueur,
Des corolles se sont entr'ouvertes dans l'ombre,
Et la mélancolie a fleuri dans mon cœur.

LA VISION DE JACOB

Lorsque Jacob, errant sur la route lointaine,
Fuyait vers le pays où Laban demeurait,
Il s'arrêta, le soir, au bord d'une fontaine,
Dont la source, dans l'ombre, auprès de lui, pleurait.

Des bruits vagues et sourds faisaient l'âme inquiète;
Les crimes, dans la nuit, craignaient d'être expiés.
Et la pierre était froide où reposait sa tête,
Et la terre boueuse où reposaient ses pieds.

Or Jacob, ce soir-là, s'endormit plein de crainte.
Mais ceux sur qui Dieu veille auront toujours la paix,
Puisqu'une vision majestueuse et sainte
Apporta la lumière en son sommeil épais.

Jacob dormait. Mais Dieu veillait pour un mystère.
Jacob vit apparaître une échelle de feu ;
Et cette échelle en bas descendait jusqu'à terre,
Et cette échelle en haut s'élevait jusqu'à Dieu.

Vos légendes, Seigneur, sont pleines de symboles,
Puisque vous permettez au cœur las du péché
De découvrir, au fond de vos saintes paroles,
Le sens mystérieux dans vos livres caché.

Car nous avons peiné sur des routes étranges,
Où nous ne comptions plus les deuils et les affronts ;
Et nous voici ce soir couchés parmi les fanges,
Et les cailloux sont durs où reposent nos fronts.

Tantôt, dans la clarté sereine des journées,
Nous allions, et nos cœurs chantaient sous le soleil.
La nuit nous trouble et rend nos âmes consternées :
Lequel donc, parmi nous, ne craint pas le sommeil ?

Plus d'un ce soir est seul et songe avec des larmes
A l'abri maternel qui trop tôt lui manqua,
Et qu'il est pour toujours sans défense et sans armes
S'il n'a plus près de lui sa mère Rébecca.

Croit-il donc, celui-là, qu'à l'aurore naissante
Un doux accueil l'attend au bout de son chemin,
Et, pour le consoler de la patrie absente,
Que Rachel et Lia lui souriront demain ?

Non ! ce siècle est mauvais ! Et cette nuit est pire
Que la nuit de Jacob au pays de Luza !
Le mal de tous côtés élargit son empire !
L'homme a déifié tout ce qui l'abusa !

Voici l'heure lugubre et les mornes ténèbres !
Les vents nous ont soufflé le doute et le mépris !
Des prêcheurs du néant j'entends les voix funèbres !
Ils ne nous donnent rien, mais ils nous ont tout pris !

Vous, mon Dieu, montrez-nous l'échelle de lumière !
Nous ne tenterons pas les sommets réservés ;
Mais la nuit sur nos yeux ne sera plus entière :
Élevons les regards, et nous serons sauvés !

Car vos Saints nous diront, d'une voix prophétique,
Qu'ils sont montés si haut aidés par le malheur,
Et que, pour s'élever sur l'échelle mystique,
Le premier échelon se nomme : la Douleur.

INQUIÉTUDE

La nuit naît dans le deuil, le jour naît dans la joie.
L'Aube s'éveille et rit là-bas, à l'orient ;
Une écharpe de pourpre autour d'elle s'éploie...
Et ma Pensée aussi s'éveille en souriant.

Un chœur d'oiseaux chantants, sous ma fenêtre close,
Dit l'hymne matinal au glorieux soleil ;
Des odeurs de lilas et des parfums de rose
Se pressent à la vitre et fêtent mon réveil.

O le joli matin à la promesse heureuse !
Hors mon cœur, en mon cœur, l'aurore douce a lui !
Mais je sais trop la vie et j'ai l'âme peureuse :
Mon Dieu ! d'où me viendra ma tristesse aujourd'hui ?

EXPÉRIENCE

I

Par jeu, j'emplis goutte à goutte
Un vase, étroit réservoir ;
Bien qu'il soit petit, je doute
Qu'il puisse être plein ce soir.

« Jeu d'enfant, diront les hommes !... »
— Ne riez pas trop de moi :
C'est en voyant choir des pommes
Que Newton trouva sa loi.

Gloire à son âme profonde !
Je ne ferai pas cadeau
D'une loi pareille au monde
En versant mes gouttes d'eau !

Mais épanchant dans le vase
Goutte à goutte la liqueur,
J'aurai peut-être l'extase
Des petites lois du cœur.

11

Le vase est plein tout à l'heure,
Et voici l'instant fatal ;
Déjà le liquide affleure
Les bords frêles du cristal.

La minute est solennelle!
L'eau n'a pas franchi les bords;
Une goutte en plus va-t-elle
La précipiter dehors?

Pareille — et si différente! —
Cette goutte tombe enfin,
Et l'eau pure et transparente
Pleure au long du cristal fin.

Désormais à chaque goutte,
Bien qu'elle ait si peu de poids,
La liqueur tremblera toute
Et pleurera chaque fois.

III

L'âme est pleine tout à l'heure
De tristesse jusqu'aux bords ;
Mais la tristesse y demeure ;
Rien ne s'épanche au dehors.

Voici longtemps qu'il y tombe
Des pleurs, claires gouttes d'eau ;
Ce sera jusqu'à la tombe,
Et c'est depuis le berceau !

L'âme ne peut plus se taire
S'il tombe une goutte encor :
Elle a livré le mystère
De son douloureux trésor,

C'est la goutte qui révèle
Le trop-plein de la liqueur,
Et chaque larme nouvelle
Fera pleurer tout le cœur.

DES SAGES

C'EST leur sagesse : ils ont limité leurs amours
Aux objets dont les sens jouissent sur la terre;
Leur soif sait où trouver l'eau qui la désaltère,
Et la source est prochaine et facile toujours.

Les visibles beautés, les palpables contours
Enchantent seuls leurs yeux ignorants du mystère;
Ils se disent les rois du monde tributaire,
Il leur doit cet impôt : du bonheur tous les jours.

J'excuse et je comprends leurs fières attitudes;
C'est vrai qu'ils sont des rois : les rois des certitudes;
Si je pensais comme eux, j'irais sans blasphémer;

J'irais, insoucieux des mépris et des blâmes,
Sachant ce qu'il faut croire et ce qu'il faut aimer...
Je n'aime qu'une chose et j'y crois peu : les âmes.

PENSÉE DE PRINTEMPS

C'ÉTAIT un soir d'avril, cher à la rêverie ;
L'Angelus qui tintait disait la fin du jour ;
Les cloches appelaient : « Viens ! c'est l'heure où l'on prie ! »
Le printemps répondait : « C'est l'heure de l'amour ! »

Et l'église et la nuit s'emplissaient de murmures,
Car les cœurs s'aimaient mieux par ce doux soir d'avril ;
Plus tendrement aussi priaient les âmes pures...
Ah ! comme j'ai senti durement mon exil !

II

Pèlerinages sentimentaux

LONGTEMPS APRÈS

Le jeune amour, pour s'apaiser,
Dédaigne l'âme et vole aux lèvres ;
C'est l'heure des ardentes fièvres ;
Rien n'existe que le baiser.

Ce n'est que plus tard, bien plus tard,
Qu'un double mystère nous touche :
Le sourire éclos sur sa bouche,
Au fond de ses yeux, le regard.

Hélas! on n'y rêve qu'après,
Et quand elle a fui, l'amoureuse!
Elle a fait notre bouche heureuse...
Notre cœur a bien des regrets!

Ah! que c'est peu d'avoir aimé
Ses yeux bleus et sa bouche rose,
Quand on songe à cette autre chose,
Si lointaine en son cœur fermé!

CORRESPONDANCES

I

LE Souvenir, porteur de ses reliques mortes,
Rôde autour de mon cœur comme un vieux pèlerin.
Or mon cœur est fermé, murs épais, lourdes portes,
Et, dedans, l'Oubli dort de son sommeil d'airain.

Les légendes d'antan, joyeuses ou tragiques,
Elles qui nous charmaient petits, nous ont conté
Les murailles croulant aux paroles magiques...
Ainsi mon cœur ressemble au palais enchanté.

Et ce qui fait tomber la pesante muraille,
Ce sont de vieux parfums et de vieilles chansons;
Et lui, qui sommeillait, se ranime et tressaille,
Quand leur subtil appel murmure : « Nous passons! »

Ce n'est rien : un refrain de romance applaudie,
Vieille de plusieurs ans, que la mode oublia;
Mais mon premier amour vit dans la mélodie,
Un fil mystérieux à jamais les lia.

Ce n'est rien : une fleur autrefois respirée;
Mais son parfum banal me trouble plus qu'aucun :
Il est le souvenir vivant d'une soirée!
Or tout cela, c'est mort, — excepté le parfum.

Je pense quelquefois — mais la raison m'en blâme —
Que chansons et parfums comprennent nos regrets,
Qu'ils sentent comme nous, avec nous, et qu'une âme
Est en eux, qui répond à nos plus chers secrets.

Imaginations et songes de poète !
Rien ne pense à nos cœurs dans ce vaste univers ;
Hors de nos âmes, rien n'augmente et ne complète
La conscience en nous des sentiments divers.

Elle est fatale, aveugle et sourde, la Nature !
Les parfums et les sons passent indifférents,
Sans que rien corresponde en eux, si d'aventure
Leur passage nous rend plus tristes et souffrants.

Ainsi la fantaisie est folle et décevante
D'intéresser à nous les atomes rôdeurs,
Et d'enrichir d'une âme attentive et vivante
Les insensibles sons et les vaines odeurs.

II

Soit! C'est fou! Malgré tout, nous saluerons encore,
Dans les airs entendus, dans les parfums épars,
Une âme sympathique et tendre, et qui n'ignore
Aucun de nos sanglots d'adieux et de départs.

Peut-être nos désirs dépassent la matière,
En la voulant sensible à nos justes rancœurs;
Peut-être c'est le vœu d'une âme trop altière
Que l'univers entier prenne garde à nos cœurs.

Mais tant que les chansons et les odeurs errantes
Me gonfleront le cœur de tendresse et d'émoi,
Je ne les avouerai jamais indifférentes,
Et quelque chose en vient qui fait effort vers moi.

Et toujours je croirai, bien que ce soit peu sage,
Qu'ayant connu ma joie et sachant mes douleurs,
Mes chansons de jadis m'appellent au passage,
Et que plus d'un parfum rêve à moi dans les fleurs.

LES RAYONS PALES

Hélas ! comme il fait nuit sur nos plus chers tombeaux !
Non pas sur ceux de pierre : ils ont ces purs flambeaux,
Si lointains et si doux, la lune et les étoiles.
Quel astre, ô nuit du cœur, perçant tes sombres voiles,
Baignera de clarté l'Amour enseveli ?
Souvenir, que ce soit ton éclat affaibli,
Comparable aux lueurs de la clarté lunaire.
Jamais le grand soleil et la pleine lumière,

Éclairant le coin d'âme où dorment nos amours,
Ne nous rendront précis et nets les anciens jours.
Mais que le Souvenir, si doux aux cœurs moroses,
Soit ce mystérieux rayon des tombes closes.

SOUS LA MER

L'AME est un océan, et l'humaine détresse
A son immensité comme les flots la leur.
Je veux descendre en moi pour sonder ma tristesse,
Et je prétends toucher le fond de ma douleur.

De même que la mer a ses îles remplies
De fleurs et de parfums, d'oiseaux et de chansons,
Nos âmes, au milieu de leurs mélancolies,
Ont des abris charmants où nous les conduisons.

En vain autour de moi l'océan faisait rage ;
En vain les vents sifflaient et grondaient tour à tour ;
J'avais ces deux abris d'où je bravais l'orage :
Ici, c'était la Foi ; là-bas, c'était l'Amour.

Les chants voluptueux et les hymnes mystiques
Alternaient sous le ciel sans jamais blasphémer ;
La croyance entonnait de merveilleux cantiques ;
Le cœur s'extasiait sur la douceur d'aimer.

Mais on a vu souvent les mers impatientes,
Engloutissant d'un coup d'immenses archipels,
Détruire pour toujours les îles souriantes,
Où les cœurs s'adoraient, où priaient les autels.

L'âme reçoit ainsi d'effroyables secousses,
Et, le fléau passé, le désastre est pareil.
Ainsi j'ai vu sombrer, souriantes et douces,
Mes îles qu'enchantait la clarté du soleil.

Elles ont sombré là! Quand ma pensée errante
Revient pour y trouver ses deux plus chers abris,
Je me penche, et je dis à l'onde indifférente :
« Ne me rendrez-vous rien, vous qui m'avez tout pris! »

Plus d'une fois j'ai cru les sentir sous la sonde ;
J'ai comprimé mon cœur qui défaillait d'émoi,
Et, la voix me tremblant d'émotion profonde,
J'ai dit : « N'êtes-vous pas mon Amour et ma Foi ? »

Peut-être c'était lui, c'était elle peut-être ;
Mais pour les appeler je n'avais que mes pleurs ;
Et mes pleurs n'ont pas su me les faire renaître
Au grand soleil, parmi les oiseaux et les fleurs.

Où les îles vivaient, joyeuses et fertiles,
La mer roule à présent ses éternels sanglots ;
L'âme raconte ainsi ses douleurs inutiles,
Et sa plainte est pareille à la rumeur des flots.

FOI « FIN DE SIÈCLE »

Nous sommes des païens, — nous sommes des mystiques.
La beauté de la foi nous tente et nous séduit ;
Mais ce culte tranquille et pur n'a pas détruit
Notre goût des contours et des formes plastiques.

Et la simplicité des anciens cantiques
Ne touche plus nos cœurs d'où l'extase s'enfuit ;
Nul de ces chants naïfs et pieux ne traduit
Nos rêves d'au-delà confus et poétiques.

L'art nous a grisés comme un vin délicieux,
Et nous gardons toujours, même en songeant aux cieux,
Les soucis délicats dont nos âmes sont pleines.

Et voici l'oratoire où plieraient nos genoux :
Bonnat a peint les Christs, Henner les Madeleines,
Et Massenet a fait les cantiques très doux.

CIMETIÈRE INTIME

I

QUAND mon illusion est morte,
De mal subit ou de langueur,
Comme un cadavre je l'emporte
Au cimetière de mon cœur.

Je l'enfouis en grand mystère,
La nuit, pour qu'on n'en sache rien,
Et m'en vais sans marquer la terre
Du signe pieux et chrétien.

Rien que la terre froide et nue,
Et point de croix, pour qu'à jamais
Ta tombe demeure inconnue,
Douce illusion que j'aimais!

Et pour que j'ignore moi-même,
Si j'y revenais quelque jour,
Où gît pour le repos suprême
Ce qui fut mon plus cher amour.

11

Longtemps j'ai tenu ma parole;
Je ne visitais que la nuit
La lamentable nécropole
Qui garde mon bonheur détruit.

Et je laissais dans ma pensée
La nuit amasser les douleurs,
Comme une vapeur condensée
Dont le matin fera des pleurs.

Mais un jour, forçant la frontière
Où mon serment se renfermait,
J'ai visité mon cimetière
A l'heure où le ciel s'enflammait.

Douce aurore, quand tu t'éveilles,
Tu luis sur de sombres effrois!
O les tombes toutes pareilles,
Sans gazon, sans fleurs et sans croix!

J'ai reconnu chacune d'elles,
Pourtant, sous la clarté des cieux :
Les souvenirs les plus fidèles
Sont dans l'âme et non dans les yeux.

J'ai cru que des ombres pâlies
Reprochaient à mon cœur troublé
De les avoir ensevelies
Dans ce lieu sombre et désolé.

« Ah! d'autres mortes sont heureuses!
Toi, tu nous dédaignes. Pourquoi?
N'étions-nous pas tes amoureuses
Au temps où nous vivions en toi?

« Sans pitié pour notre souffrance,
Tu vas à des rêves plus beaux,
Et tu suis la jeune Espérance
Sans prendre garde à nos tombeaux! »

III

Elle a raison, la voix plaintive
Qui m'arrive de chez les morts.
Désormais ma tendresse active
Fera taire en moi les remords.

Pour que les ombres consolées
Soient heureuses dans le cercueil,
Je sculpterai des mausolées
Où se complaira leur orgueil.

Mais toutes ne sont pas si fières.
Pour parer des tombeaux chéris,
J'emprunte aux humbles cimetières
La paix des symboles fleuris.

O la tombe la plus secrète
Que tous ignorent dans mon cœur !
Je ne veux pas pour sa retraite
De marbre orgueilleux et vainqueur ;

Et je ne mettrai que deux choses
Sur son tombeau silencieux :
Pour ses lèvres des roses roses,
Et des pervenches — pour ses yeux.

DÉPART

Le train a pris sa folle course.
Je songe, enfoncé dans un coin,
A ces jours passés sans ressource,
Si près encor, — déjà si loin !

Et je me sens l'âme envahie,
Brusquement et de toutes parts,
Par l'amertume de la vie
Et la tristesse des départs.

Le ciel nous rit à peine une heure,
Puis tout redevient ténébreux.
Pourquoi donc faut-il que l'on pleure
Chaque fois qu'on vient d'être heureux!

LA MORT D'UN PAYSAGE

Quelques hauts peupliers au bord d'une rivière,
Vieux, très vieux, ayant vu mourir plus d'un témoin;
Leur feuillage filtrait doucement la lumière;
C'était, je vous assure, un charmant petit coin.

Bien souvent j'y venais dans les après-dînées;
J'arrivais lentement, par les sentiers couverts,
Et je demeurais là le reste des journées,
Observant, rêvassant, lisant, faisant des vers.

Un peuple de corbeaux, menant un grand vacarme,
Habitait les sommets touffus des peupliers ;
Ma présence un instant leur causait quelque alarme ;
Bientôt ils reprenaient leurs ébats familiers.

Or ce matin, de grand matin, munis de haches,
Des hommes sont venus. Bretons au large col,
Ce sont de rudes gars, habiles à ces tâches.
Les arbres cette nuit dormiront sur le sol.

Chers peupliers dont l'ombre abrita plus d'un rêve,
Une dernière fois j'ai voulu les revoir.
Les rudes bûcherons frappaient, cognaient sans trêve.
Les arbres sont tombés... Je suis triste ce soir !

J'ai vu l'acharnement obstiné de la Force
Triompher de la grâce et du charme divins ;
Et lorsque s'abattait la hache sur l'écorce,
J'ai compris qu'on blessait l'âme des vieux sylvains.

Mais la plus triste plainte et la plus désolée,
C'est lorsque les corbeaux, dispersés alentour,
Regardaient s'effondrer, sous la hache affolée,
Ce qui fut bien longtemps leur joie et leur amour.

Tristes de nos seuls deuils, gais de nos seules fêtes,
Dédaigneux de leur âme éparse sous nos pas,
Nous, les hommes, trop fiers, nous déniions aux bêtes
Leur joie ou leur douleur que nous ne sentons pas.

C'est à tort. Comprenons leur âme fraternelle.
La mort nous rend pareils, qu'importent les tombeaux?
Et j'ai senti ce soir la tristesse éternelle,
Qui pèse sur mon cœur, peser sur les corbeaux?

IMPRESSION DE VOYAGE

JE n'avais rencontré que visages hagards
Sur les chemins poudreux de ce pays de mines;
Les bouches se taisaient; mais dans tous les regards
    Je lisais l'effroi des famines.

Et je réfléchissais que leur sort est cruel,
Et l'abîme sans fond, quand la pensée y plonge;
Car tout les fait souffrir dans le monde réel;
    Ils ignorent la fleur du songe.

Ils avaient la croyance autrefois, et l'espoir
D'une autre vie offerte à leur désir avide ;
Mais la tombe à présent n'est plus qu'un grand trou noir ;
    On leur a dit : « Le ciel est vide !... »

A nous aussi le siècle incroyant et moqueur
A pris ce qui faisait la force de nos mères ;
Il nous reste pourtant, pour nous hausser le cœur,
    L'orgueil du rêve et des chimères.

Eux, ils ont tout perdu s'ils ont perdu la foi ;
Leur âme est sans douceur et sans délicatesse ;
Leur révolte est brutale et dure ; et c'est en moi
    Qu'éclôt la fleur de leur tristesse.

SONNET D'AVRIL

AVRIL ! Voici venir le radieux printemps !
Mais je regrette un peu les pâleurs de l'automne,
Sa douce intimité, son charme monotone,
Et je crains le retour des midis éclatants.

La joie et la douleur ont chacune leur temps ;
Le deuil se plaît aux mois où le bonheur s'étonne,
Et c'est vrai qu'en avril la tristesse détonne :
Le chagrin y reproche aux cieux d'être insultants.

Ne leur reproche pas, mon âme, cette insulte ;
Fidèle à ta pensée et fidèle à ton culte,
Force-les à servir ton rêve intérieur.

O cœur plein de regrets et de peines sans nombre,
Ne te plains pas du ciel, si le ciel est rieur ;
Aime les clairs soleils : ils font mieux goûter l'ombre.

RÉSIGNATION

A H ! c'est quand elles vont mourir
Qu'il faut aimer les amoureuses !
Ah ! ces minutes sont heureuses
     Pour les chérir !

Hier, florissantes de vie,
Pleines de force et de santé,
Nos yeux caressaient leur beauté
     Avec envie.

Alors l'espoir de leur baiser
Dans nos sens allumait les fièvres;
Nos désirs poursuivaient leurs lèvres
    Pour s'y poser.

Mais si la souffrance les touche,
Leur lit nous devient un autel :
Voici que l'amour immortel
    Veille à leur couche;

L'immortel amour, chaste et pur,
Né loin des désirs et des fanges,
Celui-là dont rêvent les anges
    En plein azur.

O vous que nous avons aimées
Pour vos corps plus que pour vos cœurs,
Où sont-ils, vos charmes vainqueurs?
    Vaines fumées!

Il vous reste, dans vos pâleurs,
Le regard tendre et le sourire;
Et demain, le mal va proscrire
    Ces tristes fleurs!

Mais si les âmes sont plus belles
De ce que les corps ont perdu,
Ces charmes effacés ont dû
    Passer en elles!

Vous, fronts pâles des derniers jours,
Regards éteints, lèvres flétries,
Faites-leur des âmes fleuries
    Pour nos amours!

APPEL

JE sens des trésors dans mon âme,
Mais je ne puis les conquérir,
Car je ne sais pas le *Sésame*
Qui me les ferait découvrir.

Ils sont scellés de lourdes pierres
Où se brisent mes vains efforts,
Aussi lourdes que les paupières
Qui pèsent sur les yeux des morts.

Ah ! qui me prêtera son aide,
Qui dira le mot qu'il faudrait
Pour qu'enfin je force et possède
Un peu de mon trésor secret !

Vous qui m'aimez et vous que j'aime,
Venez dans mon cœur avec moi ;
Nous ferons un effort suprême
Contre l'invincible paroi.

Et tant pis si la main se blesse
Sur le rocher rugueux et dur :
C'est là-dessous qu'est ma tendresse !
Je suis très riche, j'en suis sûr !

CERCUEIL D'ENFANT

Oh! ce petit cercueil! Mon Dieu! la chose affreuse!
Car nous savions, — nos yeux ont pleuré ce jour-là, —
Que dans une agonie et longue et douloureuse
   Cette enfant s'en alla.

Nous savions le récit de ces heures cruelles,
Tout ce qui la fit tant et si longtemps souffrir.
Comment Dieu permet-il que des êtres si frêles
   Souffrent tant pour mourir?

Ils devraient s'envoler, si pareils à des anges,
Sur une aile invisible ouverte sans effort,
Et ne connaître pas ces tortures étranges
          Dont s'entoure la mort.

Toi surtout, toi surtout, pauvre chère mignonne,
Si près du ciel encore avec tes yeux rêveurs !
Mais non ! jamais, jamais la douleur ne pardonne :
          Souffre d'abord, puis meurs !

Nous ne reverrons plus qu'en rêve ton visage !...
Viens, et console-nous, ô souvenir vainqueur !
Oui, c'est vrai, tu n'es plus qu'un songe et qu'une image,
Mais j'en sais qui vivront pour toujours dans mon cœur !

Cependant nous voici près de ta tombe ouverte.
Et nous pleurons ! Et nous pleurons ! Et nous pleurons
Dans cette tombe, avant qu'elle soit recouverte,
Veux-tu savoir de moi ce que nous y mettrons ?

Il ne meurt pas que des enfants dans la souffrance :
Chacun de nous conserve au plus profond de soi,
Comme toi douce, et fraîche, et pure, une espérance,
　　　Et jeune comme toi.

Or, cela meurt de même. Ah ! Dieu ! quelle agonie !
Et longue ! Et douloureuse ! Et que cela fait mal,
Si nous avions mis là, d'une ardeur infinie,
Notre plus cher trésor d'amour et d'idéal !

Sans doute c'était là le meilleur de notre âme,
Son rêve le plus pur, son rêve le plus beau !
Chère fillette, enfant qui ne seras pas femme,
Prends nos mortes aussi, prends-les dans ton tombeau !

Je reviendrai rêver, aux heures de détresse,
Au symbole enfermé dans ton petit cercueil.
Ton nom résumera pour moi tant de tendresse
　　　Et tant d'intime deuil !

Adieu pourtant! Voici la pierre qui retombe!
Mais, va! contre l'oubli tout mon cœur te défend!
Quelque chose de moi demeure dans ta tombe,
      Chère petite enfant!

A UNE MALADE

Que de choses tu fais refleurir, doux Avril !
C'est toi qui fais s'ouvrir toutes les lèvres closes ;
Car cet hiver si froid avait mis en péril,
O femmes, vos baisers, et vos parfums, ô roses.

Dur à l'âme, âpre au corps, l'hiver s'en ira-t-il ?
Il s'en va ! C'est Avril ! Et voici toutes choses
Se prendre et se griser à l'arome subtil
Que versent à l'envi les corolles écloses.

Hélas! ceux que le mal retient loin du soleil
Et ceux pour qui l'amour n'a plus son cher réveil
Pleurent seuls le printemps dans une vaine attente;

Et nous voyons tous deux, tristement, tout le jour,
Sans en pouvoir goûter la douceur qui nous tente,
Vous refleurir l'Avril, moi refleurir l'Amour.

INUTILE TENDRESSE

Que disent-ils, ceux-là? Qu'ils t'aimèrent? Mensonges!
Ou que tu les aimas? Ils en ont blasphémé!
Pour des réalités ils auront pris leurs songes;
Tu ne les aimas point, ils n'ont jamais aimé!

Car l'amour n'est pas fait pour les âmes banales;
C'est un présent du ciel qui ne vient point à tous.
Ils ont pu t'appeler aux Fêtes saturnales,
T'attendre où leurs baisers te donnaient rendez-vous.

9.

Et peut-être y vins-tu, pauvre Ame désolée,
Sœur de don Juan, cherchant comme lui l'Idéal,
Quand tu voulus enfin, lasse d'être isolée,
Après les froids hivers connaître Floréal.

Car tu ne savais pas, toi qui voulais des roses,
Qu'aucun rêve jamais ne fleurirait leur cœur,
Et que jamais en eux, fronts étroits, lèvres closes,
Les divines chansons ne chanteraient en chœur.

Ils n'ont pas fait vibrer, pas même une seconde,
Ta tendresse inutile et près d'eux sans emploi,
Ni réveillé d'un cri de passion profonde
Les beaux échos d'amour qui sommeillaient en toi.

DES NUITS

Il est de douces nuits, « plus douces que les jours, »
Ces nuits, rendez-les-nous, Avril, mois des amours,
Vous, Mai, mois de la Vierge, et vous, Juin, mois des roses.
Il est des nuits, des nuits d'automne, plus moroses,
Mais où le ciel encor se souvient de l'été.
Il est des nuits d'hiver, sans lune, sans clarté,
Car les épais brouillards, tissant de sombres voiles,
Dérobent à nos yeux les regards des étoiles;
Toutes les voix du vent y gémissent en chœur.

Mais il y fait moins nuit que dans la nuit du cœur.

DÉCEPTION

La route est triste et monotone
Que je suis depuis si longtemps :
Jamais d'été ni de printemps,
Toujours l'hiver ou bien l'automne.

Je me souviens d'un clair pays
Où j'ai marché dans ma jeunesse ;
Je veux que mon âme y renaisse
Aux impressions de jadis.

J'ai, pour le retrouver sans faute,
Compté les bornes du chemin ;
Je suis sûr d'arriver demain ;
Il est là, derrière la côte.

Je reconnaîtrai d'un coup d'œil
Ses collines et ses vallées ;
Et ses sentiers et ses allées
Me feront le plus tendre accueil.

Longtemps, longtemps avant l'aurore,
J'ai gravi la côte en riant.
Voici le jour : à l'orient
Le ciel en pourpre se colore.

Horreur ! Le jour montre à mes yeux
Non la vision attendue,
Mais l'immense et plate étendue
D'un grand marais silencieux.

Je rêvais la chanson bénie
Des cigales et des oiseaux ;
J'entends passer dans les roseaux
Le vent et sa plainte infinie.

Où mes yeux jadis s'enchantaient,
Voici de mornes marécages,
Au lieu des gracieux bocages
Qui fleurissaient et qui chantaient.

C'est ainsi : l'espérance est vaine
De pouvoir, aux mêmes endroits,
Cueillir et respirer deux fois
Le chrysanthème et la verveine.

Et vainement, jusqu'au retour
De la nuit prochaine et des astres,
J'ai cherché, parmi ces désastres,
Les fleurs du rêve et de l'amour.

La mort avait pris pour complices
Les corolles et leurs poisons ;
De mortelles exhalaisons
S'échappaient de tous les calices.

D'avoir erré dans ces marais
J'ai des brûlures à mes lèvres :
Mon âme a les mauvaises fièvres
Des Souvenirs et des Regrets.

UNE VOIX

Si la Foi, si l'Amour l'ont fui,
Le cœur se plaint et se désole;
Une Voix m'a parlé pour lui,
Et j'ai noté chaque parole:

« O cœur à jamais refermé,
Ne pleure pas l'ancienne ivresse;
Il te reste, d'avoir aimé,
Une impérissable tendresse.

« Ne pleure pas l'ancienne foi,
Puisqu'un principe salutaire,
Elle morte, demeure en toi :
La religion du mystère.

« Donc celui qui va fièrement,
D'un bout à l'autre de la vie,
Fidèle à son double serment,
Regarde-le sans trop d'envie.

« Mais plains ceux dont les lourds sommeils
N'ont jamais vu les pures flammes,
Qui laissent, après les soleils,
Un si doux crépuscule aux âmes. »

BLACK AND WHITE

Ce matin, dans la même rue,
Où je marchais à pas errants,
Sous des signes bien différents
Deux fois la mort m'est apparue.

Le premier seuil que j'ai pu voir
Était tendu de draperies
Toutes blanches, de blanc fleuries.
L'autre porte était toute en noir.

O drap sombre qui te déploies
Au devant des tombeaux fermés,
Par toi les deuils sont proclamés,
Tu dis la fin de bien des joies !

Ils disent, tes plis noirs et lourds,
Que là, derrière cette porte,
Vivait une Ame, et qu'elle est morte,
Morte aux baisers, morte aux amours !

Mais le drap blanc, parmi les cierges,
Plus triste, raconte au passant,
Qui le salue en pâlissant,
La mort des Enfants et des Vierges !

DILEMME

I

Il m'arrive parfois d'oser, dans ma pensée,
Ce rêve de bonheur si pur, si consolant :
Une enfant qu'on m'aurait choisie et fiancée...
Mais j'en reviens toujours plus seul et plus tremblant.

Car j'ai beau caresser la riante chimère,
La chimère indulgente et douce aux amoureux,
En plein songe une voix impérieuse, amère,
S'élève et crie en moi : « Tu ne peux être heureux !

« Tu ne peux être heureux. — Pourquoi? — C'est un dilemme.
Le jour qu'Elle viendrait confiante vers toi,
Ou tu lui cacherais le fond de ton cœur même,
Ou ton vrai cœur montré la ferait fuir d'effroi.

« On ne peut effacer le passé de sa vie.
Ce qui fut, fut! et Dieu lui-même n'y peut rien!
Hypocrite ou menteur : choisis! Je te défie
De sortir de ce cas, — et ce cas, c'est le tien! »

II

Soit! je n'ai plus d'espoir!... Eh bien! j'espère encore!
J'écoute sans pâlir le dilemme moqueur;
Le cœur a ses raisons que la raison ignore;
Ce froid raisonnement ne touche plus mon cœur.

10.

Et lorsqu'Elle viendra, frémissante, et peureuse
En face des serments qui devront nous lier,
Je saurai bien trouver dans mon âme amoureuse
Les mots graves et doux qui font tout oublier.

« Viens, dirai-je ; ma vie aujourd'hui recommence.
Je ne suis qu'un enfant, pourtant j'ai bien souffert !
Voici l'heure infinie après la peine immense ;
Ces beaux jours m'étaient dus après ce rude hiver.

« Toute feuille est à terre et toute fleur est morte.
Mon cœur est bien flétri, mais il refleurira !
Et puis, qu'il refleurisse ou non, vois-tu, qu'importe ?
Je n'en ai plus besoin, le tien nous suffira.

« Je ne rouvrirai plus jamais mon ancienne âme ;
Qu'elle soit morte, et mort tout ce qu'elle eut de vil !
Mais mon âme nouvelle auprès de toi réclame :
Laisse-moi dans ton cœur lui faire un doux exil. »

III

Chapelle mortuaire

CE QUI CONSOLERAIT

Des chardons ont chassé la rose et l'asphodèle,
Tout ce qui me charmait le regard et le cœur;
J'écoute, dans la nuit, l'orfraie au cri moqueur,
Et l'oiseau bleu là-bas s'envole à tire-d'aile.

Adieu parfums, chansons! Elle a fui, l'infidèle!
L'âme était toute joie, elle est toute langueur.
Voici que les Regrets et les Plaintes en chœur
Accourent en pleurant me parler encor d'Elle.

Ceux que j'aime le mieux et qui m'aiment le mieux
M'apportent, me voyant triste et silencieux,
Des consolations dont la douceur est vaine.

Leur voix, chère pourtant, ne vient pas jusqu'à moi.
Toi seule, qui la fis, peux alléger ma peine,
Si tu me plains un peu de tant souffrir par toi.

DÉGEL

I

DÉCEMBRE. Hier il a neigé.
La terre était gelée et dure,
Et sur la forêt sans verdure
Un manteau blanc s'est allongé.

Plus que le tranchant de la hache
La forêt craint ce manteau blanc :
Car c'est un linceul à son flanc,
Car là-dessous la mort se cache.

La mort ? Non ! la forêt dormait.
Voici le dégel. O merveille !
En frissonnant elle s'éveille
Sous ce linceul qui l'enfermait.

Navrant réveil, morne revanche !
Un brouillard glacé se répand,
Puis une larme se suspend
Et tremble au bout de chaque branche.

L'arbre est secoué de sanglots
Au moindre souffle qui l'effleure ;
Toute la forêt pleure, pleure,
Et ses larmes coulent à flots.

Au loin s'épaissit la muraille
Du brouillard gris. Plus d'horizon.
Et je marche en vain : ma prison
Me suit, m'enveloppe et me raille.

J'arrête alors mes pas errants,
Je ferme les yeux et j'écoute
Tomber tristement, goutte à goutte,
Tant de larmes. Et je comprends !

Je comprends les larmes des choses
Dont Virgile m'avait parlé ;
J'entends dans mon cœur désolé
Tomber aussi des pleurs moroses.

O jour mouillé, jour de dégel,
Ta plainte chagrine me navre.
J'aimais mieux le froid d'un cadavre
Que tout ce désespoir du ciel.

Car, sous la neige ensevelie,
La forêt gardait sa fierté ;
Mais ce brouillard est empesté :
La neige même en est salie.

II

Si je t'ai comprise, ô forêt,
C'est que ton âme m'est pareille,
Quand elle parle à mon oreille
De la tristesse et du regret.

J'avais dit : « Vienne la souffrance,
Viennent les regrets douloureux,
Dans mon cœur je n'aurai pour eux
Que mépris et qu'indifférence.

« Peut-être encore frémira
Sous son enveloppe glacée
Mon âme souffrante et blessée;
Mais nul du moins ne le saura.

« Dans sa hautaine solitude,
Elle gardera noblement,
Sans rien montrer de son tourment,
Sa rigide et fière attitude. »

J'avais dit cela..., mais, hélas!
J'en ai trop souffert, de me taire;
Et le mal d'être solitaire
M'a terrassé. Je suis trop las!

Je suis vaincu! je m'abandonne!
Dans son regret du printemps vert,
La forêt complice a rouvert
Mon cœur blessé depuis l'automne.

Et je souffre, et je veux souffrir.
Des pleurs, qu'aucune main n'essuie,
Comme les larmes de la pluie
Coulent de mes yeux sans tarir.

Tout salit, ravale et bafoue
Mes beaux rêves estropiés;
Je cherche la neige à mes pieds
Et n'y trouve que de la boue!

RETOUR

Voici la route délaissée
Qui mène à l'amour qui m'a fui.
J'y veux conduire ma pensée
    Aujourd'hui.

J'irai, bien que mon cœur proteste :
Il est si triste, ce retour !
C'est effrayant, le peu qui reste
    D'un amour !

11.

Tout est fugace et tarissable.
Après les étés dévorants,
Il ne reste qu'un peu de sable
Aux torrents.

Ainsi revenant en arrière
Chercher mon amour d'autrefois,
Je ne sens que sable et poussière
Sous mes doigts.

Tout autour de moi, sécheresse !
Pourtant c'est là que le bonheur
Emplissait de joie et d'ivresse
Tout mon cœur !

Voilà ce qui reste à cette heure !
Mais j'y veux regarder encor.
Peut-être en ce sable il demeure
Un peu d'or,

Cet or qu'ils tenaient de leur source,
— Désir, tendresse et volupté, —
Les flots l'ont-ils tout, dans leur course,
    Emporté?

Ce qui s'éloigne, ce qui passe,
Rapidement et sans retour,
C'est ce qui flotte à la surface
    De l'amour.

Et les baisers et les caresses,
Tout ce qui fut bref et charmant,
N'ont fait qu'éblouir nos détresses
    Un moment.

Mais la tendresse grave et pure,
Par qui les flots sont ennoblis,
S'en va d'une plus lente allure
    Aux oublis.

Elle est l'or que le flot recèle,
L'or pur, par qui le lit profond
S'enrichit, quand une parcelle
       Tombe au fond.

Je ne crains plus les vents avides
Ni l'avarice du soleil ;
Mon amour mort aux torrents vides
       Est pareil :

Ce qui passe et se décompose,
C'est l'élément accidentel ;
Mais je garde en moi quelque chose
       D'immortel !

DERNIÈRE PLAINTE

Ses yeux, ses yeux aussi qui mentaient! C'est affreux!
Car j'y croyais si bien! Car j'admirais en eux,
— Candide et confiant comme on est quand on aime, —
La splendeur de l'amour, l'âme de l'amour même.
O les miroirs profonds où j'ai vu tant de ciel!
Ainsi tout était vain, faux, artificiel,
Tout, jusqu'au cher regard où s'endormait mon rêve!
Ce regret me poursuit, et je pleure sans trêve
Ce qui m'a si longtemps, si doucement leurré,
Surtout, surtout ses yeux qui ne m'ont pas pleuré!

COURAGE!

I

J'AVAIS dit à mon cœur : « Cesse enfin d'être lâche.
Assez gémi. Demain réclame ton effort.
Il te reste à tenter plus d'une noble tâche,
Et ne t'obstine plus à pleurer sur un mort. »

Et dans un ciel serein, sans pluie et sans orage,
J'ai fixé l'Avenir, horizon radieux ;
Et je me suis levé soudain, plein de courage,
Et j'ai fui le Passé sans détourner les yeux.

Mais des fleurs çà et là me guettaient au passage :
« Ne te souviens-tu plus de nous ? » disaient les fleurs.
« C'est nous qu'Elle cueillait pour mettre à son corsage,
D'où nous tombions bientôt sous tes doigts querelleurs. »

Et maint oiseau d'amour, ramier ou tourterelle :
« Pourquoi donc es-tu seul ? Tu devrais bien savoir
Que nos chansons étaient moins pour toi que pour Elle,
Qu'il n'était pas pour toi tout seul, notre : « Au revoir... »

II

Ainsi ma passion, je la retrouve toute !
Les souvenirs d'hier que je croyais défunts,
Je les rencontre encore aujourd'hui sur ma route,
Dans toutes les chansons et dans tous les parfums.

Je me croyais au cœur la dureté des marbres
Et que ma volonté saurait me soutenir.
Mais les fleurs, les oiseaux, les mousses et les arbres
M'ont arrêté dans mon élan vers l'Avenir.

Je ne lutterai plus : la lutte est impossible !
Si le Passé trop cher m'arrête à chaque pas,
Je cesse de marcher au but inaccessible.
Je suis brisé. Je suis vaincu. Je n'irai pas !...

A moins que — car elle a ses miracles, la vie ! —
L'Amour impérieux et fort, l'Amour vainqueur,
Lui qui tout rajeunit et qui tout purifie,
Ne renouvelle en moi les sources de mon cœur.

Alors guéri des vains regrets, des noirs délires,
Redevenu crédule aux conseils du printemps,
J'écouterai chanter les merveilleuses lyres
Qui résonnaient jadis en mon cœur de vingt ans.

IV

Feuilles d'Acanthe

JEUNES FILLES AU BAL

I

Comme ils nous font rêver, ces mots : la jeune fille !
Tout le bonheur humain nous sourit au travers.
Aussi nous la nommons, quand nous faisons des vers,
L'étoile, la chanson, la fleur de la famille.

Pour les connaître mieux, me voici dans un bal ;
J'observe leur maintien, leurs gestes, leurs paroles.
Or, je vois qu'elles sont coquettes et frivoles,
Et je sens dans mon cœur se faner l'idéal.

Quoi! toutes ces enfants, sous mon regard groupées,
N'ont qu'une âme bruyante et vide, quel ennui!
Et pourtant elles sont notre rêve aujourd'hui,
Elles seront demain nos femmes, ces poupées!

II

Toi qui te plains si fort, songe à ce que tu vaux
Si l'on te juge ainsi sur ton maintien du monde;
Car ton âme y paraît à peine plus profonde;
Vanité, médisance, elle est dans ces deux mots.

Réfléchis, sois plus juste, et corrige ton blâme.
Toi-même, as-tu montré ta tendresse ou ta foi?
Pense qu'elles aussi, peut-être, ainsi que toi,
Ont laissé quelque part le meilleur de leur âme.

Va, tu peux les chérir, loin de les juger mal
Et de les condamner sur des minutes brèves;
Car leur cœur, leur vrai cœur de vierges, dont tu rêves,
Il reste à la maison et ne va pas au bal.

ERREUR DES POÈTES

Personne ne dit tout son rêve ;
Ce qu'on en dit, on le dit mal ;
Jamais la parole n'achève
D'illuminer tout l'Idéal.

Parfois un grand éclair s'allume
Dans le cœur : on va tout savoir !
Mais le temps de prendre la plume,
L'éclair est passé, tout est noir.

Pourtant le poète, en lui-même,
Croit qu'il s'en est bien peu fallu
Qu'il n'ait, dans un divin poème,
Enfin révélé l'Absolu.

Je connais pareille infortune :
C'est quand un enfant, plein d'émoi,
Me raconte, de bonne foi,
Qu'il a failli prendre la lune.

JOUR DE PLUIE

I

Vous n'auriez pas besoin d'amours,
Vous, les poètes,
Si le ciel bleu donnait des fêtes
Toujours.

Pour chasser les soucis moroses,
Sans défaillir,
Il vous suffirait de cueillir
Des roses,

Et de regarder les oiseaux
    Jouant leur rôle,
Ou la libellule qui frôle
    Les eaux.

Mais que faire, les jours de pluie,
    Sans le ciel bleu ?
Le poète, les jours qu'il pleut,
    S'ennuie !

Il lui faudrait un grand amour !
    L'amour sans doute
Se rencontrera sur sa route
    Un jour.

Mais s'il allait, pour quelque cause,
    Ne venir pas !
Le poète prévoit ce cas
    Morose !

Car l'amour élit des vainqueurs,
Et plus d'un pense
Qu'il est la juste récompense
Des cœurs.

Être à la fois fidèle et tendre,
C'est le grand point;
Les volages ne doivent point
L'attendre.

Plus d'un, gaspillant le trésor
De la tendresse,
Jette de maîtresse en maîtresse
Son or.

Et quand survient la Fiancée
Qu'il appelait,
Il n'a plus rien! Trop tard! Elle est
Passée!...

II

J'ai noirci de vers soucieux
La page blanche.
Mais voici la claire revanche
Des cieux.

Adieu la sombre rêverie.
Le soleil roi
Ordonne que le rêve en moi
Sourie.

DÉFIANCE

L'ESPOIR est si robuste et l'idéal si fort !
Des fleurs et du soleil ! Le cœur qu'on croyait mort
Palpite ; il veut aimer encore, il veut revivre...
Aujourd'hui ce ciel bleu me conseille et m'enivre ;
Le rêve qui me berce est tout plein de douceur,
Et c'est ce rêve pur : l'amour d'une âme-sœur.
Mais tandis qu'effrayé des liaisons charnelles,
Tout mon être se donne aux amours éternelles,
Le hasard me prépare, ironique et moqueur,
Quelque sotte aventure indigne de mon cœur.

LE PRINTEMPS SANS ROSES

L'HIVER a trop pesé sur la terre, et j'entends
Se lamenter bien haut les jardiniers moroses.
Ah ! décembre et janvier ont blessé le printemps !
   Les rosiers n'auront pas de roses !

Les rosiers n'auront pas de roses ! Quelques jours
Ont mis en deuil les mois les plus beaux de l'année ;
La terre jeune et blonde a perdu ses atours,
   Et toute fête est condamnée.

La terre doit au ciel de mai, pour qu'il soit bleu,
Des souffles embaumés et des sourires roses ;
Peut-être, en mai, les cieux s'assombriront un peu,
        Si les rosiers n'ont pas de roses.

La terre doit encor des roses aux amants,
Puisque nulle autre fleur n'est aussi parfumée,
Et qu'elle seule est digne, à l'heure des serments,
        D'être offerte à la bien-aimée.

Et j'ai peur, car je sens qu'un invisible fil
Rassemble et lie entre eux les présages moroses :
Dans les cœurs, au printemps, l'amour fleurira-t-il,
        Si les rosiers n'ont pas de roses ?

Février 1891.

INVITATION AU CAPRICE

Vivent les agrestes sentiers !
Fuyons la ville et ses névroses ;
Allons cueillir aux églantiers
    Des roses.

Dans le bois propice aux aveux,
Loin des regards et loin des blâmes,
Nous échangerons, si tu veux,
    Nos âmes.

Et nous serons, jusqu'à demain,
Toi confiante et moi sincère;
Ta main frémira si ma main
    La serre.

Jusqu'à demain. Pas plus longtemps.
Qui sait comment l'amour peut naître?
L'amour viendrait avec le temps,
    Peut-être.

Or l'amour me remplit d'effroi,
Et mon âme s'en effarouche;
Garde ton cœur, et donne-moi
    Ta bouche.

SUR UN VOLUME DE MUSSET

Vivent les jours bénis où le soleil flamboie !
Vivent les douces nuits où chantent les baisers !
Le soleil et l'amour mettent toute âme en joie :
Ces jours-là, ces nuits-là, nos maux sont apaisés.

Qu'importent, ces jours-là, la chimère et le rêve ?
Qu'importe, ces nuits-là, le livre le plus cher ?
Grisons-nous, — si le jour est court et la nuit brève, —
Des plus charmants frissons de l'âme et de la chair.

13.

Car le ciel ni le cœur ne sont toujours en fêtes ;
Les bonheurs souhaités ne viennent qu'à leur tour.
Attendons. Espérons. Et gardons nos poètes
Pour les jours sans soleil et les nuits sans amour.

HOMMAGE A L'ORATEUR

J'ai souvent envié les orateurs fameux.
Moi qui rêve tout bas, j'aurais voulu, comme eux,
Pénétrer en vainqueur dans les âmes troublées
Et faire frissonner les foules assemblées,
Pour qu'on vît à ma voix fleurir autour de moi
L'espoir, le dévouement, le courage et la foi.
O toi qui sais parler, parle donc, je t'écoute.
La foule attend. Je suis dans la foule. Sans doute

Ce n'est pas pour moi seul que ta voix vibrera ;
Mais dis ce qu'il faut dire, et mon cœur s'ouvrira.
Parle. La foule attend. Sois le prêtre pour elle
D'une communion mystique et solennelle ;
Car si tu ne dis pas : « C'est ma chair et mon sang, »
Tu dis, comme le prêtre, avec le même accent :
« Prenez, c'est ma douleur ! Prenez ce sont mes larmes ! »
Ton âme est l'onde pure où se trempent nos armes,
Et nous serons meilleurs pour t'avoir entendu.
Que ton nom glorieux soit partout répandu,
Que les échos lointains le répètent encore,
Et qu'il soit entre tous magnifique et sonore.

PENSÉE PAIENNE

L'AMOUR souffrirait moins s'il était moins avide;
Il veut trop, et de là regret et repentir.
Femme, ton cœur ne peut rien donner, s'il est vide.
Mais ce que j'aime en toi ne peut pas me mentir.

L'âme silencieuse et froide des statues
S'est animée un jour pour créer ta beauté,
Et leurs formes en toi, de gloire revêtues,
Ont conquis l'action sur l'immobilité.

Il suffit. C'est assez, pour endormir mes fièvres,
Pour fouetter mes désirs et pour les apaiser,
Que le sourire en fleur habite sur tes lèvres,
Et que ta bouche aussi soit douce à mon baiser.

Que me font ta pensée et ta psychologie !
Il faut que la laideur ait sa place en tous lieux ;
C'est dans ton cœur caché qu'elle se réfugie ;
Mais ta beauté visible est agréable aux dieux.

C'est par les vils fumiers que la fleur est charmante ;
L'arbre doit s'enfoncer dans la boue, il le faut :
Mais toute cette boue, où l'arbre s'alimente,
Ne peut jamais salir ce qui fleurit si haut !

Je vais, sans voir la fange aux sources de ta vie,
Je vais, sans voir la boue au profond de ton cœur,
Et ta seule beauté couronne et glorifie
Le radieux amour qui fait mon front vainqueur.

FÊTE FORAINE

PETITE ville, un jour de foire.
Les paysans, très excités,
Sont accourus en foule, histoire
De voir « les Curiosités. »

Cela vaut bien qu'on se dérange :
A moins de le voir, qui l'eût cru?
Un sauvage authentique mange
— Oui, madame ! — un lapin tout crû !

Puis voici les femmes colosses,
Et laides — colossalement !
Voici les animaux féroces :
« Entrez, messieurs, c'est le moment ! »

J'entre, et vois des lions étiques,
Dont les yeux lourds et chassieux,
Clos sur des rêves faméliques,
Ne se souviennent plus des cieux.

Saleté, souffrance et misère !
C'est pour rire que j'entrais là ;
Je ne ris plus ; mon cœur se serre ;
Je me sens tout triste déjà.

Tenté par une autre parade,
J'entre dans la loge à côté.
C'est plus sombre encor. Sur l'estrade
Une femme nègre a monté.

Assez jeune, chétive et maigre,
Au lieu d'une bouche un museau,
Son crâne étroit de femme nègre
Ressemble au crâne d'un oiseau.

D'une voix monotone et lente,
Devant les badauds ébahis,
Elle chante, grave et dolente,
Une chanson de son pays.

Qu'elle est loin de moi, cette femme!
Je la regarde avec effroi!
Son âme est pareille à mon âme...
N'importe! Elle est bien loin de moi!

Je ne puis rien deviner d'elle.
Son cœur doit souffrir : souffre-t-il?
Quand elle y pense, comprend-elle
L'étrangeté de son exil?

14

Peut-être est-elle presque heureuse,
Comme sont les êtres d'instinct,
Dont jamais la raison ne creuse
Un symbole obscur et lointain.

Pour nous seuls les larmes amères.
C'est notre lot et non le leur.
Seul le cœur gonflé de chimères
S'est élargi pour la douleur.

C'est pourquoi, pauvre créature,
Si près de toi, si loin de toi,
Quand je songe à ton aventure,
J'ai plus de pitié que d'effroi.

Car la douleur, voilà l'hôtesse
Que mon cœur attend pour s'ouvrir,
Et je t'ai rêvé ta tristesse
Dont je suis le seul à souffrir.

A L'ÉGLISE

Ces jeunes filles ont leurs deux prie-Dieu voisins.
L'une est belle, mais pauvre; et l'autre est riche et laide;
Et là, chaque semaine, entre elles deux se plaide
Un long procès de rage et de regrets malsains.

Sous le regard placide et mystique des Saints,
Elles devraient rêver de se venir en aide :
« Donne un peu de ta grâce, afin que je te cède
Un peu de mon argent utile à tes desseins. »

Non! la rancune tient leurs âmes sans partage :
« Ah! que je hais ta dot! — Que je hais ton visage! »
— Pourtant voici leurs fronts tranquilles et pieux;

Chacune au même instant s'agenouille ou se penche;
Jamais rien ne distrait la candeur de leur yeux...
Mais j'ai lu tout cela dans leurs cœurs, un dimanche.

MARIAGES DE CONVENANCE

C'EST la saison des fiancées ;
Le mois d'avril est de retour ;
Les voitures sont avancées
Pour la mairie — et pour l'amour.

En voiture, les jeunes filles !
Les badauds se retourneront
Quand vous passerez, si gentilles,
Joie au cœur et couronne au front.

Les parents, avec vigilance,
Ont tout examiné, scruté;
Ils ont pesé dans la balance
Famille, fortune et santé.

Ils ont, pour éviter les blâmes,
Mené l'enquête jusqu'au bout...
Mais ils n'ont pas choisi les âmes;
L'âme compte pour rien du tout!

L'âme, qui donc s'en inquiète?
Le bonheur se mesure à l'or!
Vraiment il faut être... poète
Pour vouloir autre chose encor!

Poète, soit! mais je m'effraie
Du lendemain de ces amours;
Car une seule chose est vraie:
C'est de pouvoir s'aimer toujours,

S'il ne sait pas lui faire entendre,
Pour la conduire au pays bleu,
La musique discrète et tendre
Du désir chaste et de l'aveu ;

Ou si, manquant à lui répondre,
Elle ignore les mots plus doux
Qui font les âmes se confondre
Et qui font plier les genoux :

En vain les orgues caressantes
Célèbrent l'amour immortel,
Et les déesses sont absentes
Pour qui l'on a paré l'autel !

AU SANCY

Si c'est le Sancy qui nous tente,
Nous grimperons vers le Sancy;
Nous gravirons, l'âme contente,
Son flanc roussi.

Si la neige nous paraît belle,
Nous y tracerons des rébus;
Car là--haut la neige est rebelle
Même à Phébus.

Et si c'est la fleur qui nous charme,
Nous cueillerons la fleur encor,
La fleur bleue, ou celle qui s'arme
            D'un casque d'or.

Là-bas, dans la brume incertaine,
S'étendra sous nos yeux, épris
De toute chose un peu lointaine,
            L'horizon gris.

Mais comment est-il gris, j'y songe,
Lui fait de vertes frondaisons ?
Le brouillard est donc le mensonge
            Des horizons ?

Qu'importe ? S'ils manquent de flammes,
Nos yeux, nos âmes verront clair :
Ce sont les regards de nos âmes
            Qui fendront l'air.

Et nos rêves, ouvrant leurs ailes,
Iront aux mystères épars,
Puis reviendront, ramiers fidèles,
De toutes parts...

Nous garderons dans nos pensées
Un charme triste et pénétrant,
Le charme des choses passées
Que l'oubli prend.

Nous redescendrons à la file
La côte, voyant peu à peu
Fuir le Sancy, qui se profile
Sur le ciel bleu.

Et nous lui dirons, l'âme émue,
Un peu mélancolique aussi,
— Car tout adieu trouble et remue : —
« Adieu, Sancy ! »

Mont-Dore.

BADINAGE

Voici des choses merveilleuses !
Puisque, — cela n'est pas douteux, —
Les rossignols sont vaniteux
Et les roses sont orgueilleuses,

Puisque les houx, sur le chemin,
Et les églantiers, dans la haie,
Ont des épines dont s'effraie
Le sang qui coule dans ma main :

Je veux un enfer, où les roses,
Sans coloris et sans parfum,
Paieront leurs péchés un à un
Dans des éternités moroses;

L'enfer promis aux rossignols,
Ce sera quelque sombre fosse,
Où criera la voix aigre et fausse
Des paons, ennemis des bémols.

Mais avant tout l'espoir m'enchante
Qu'un lieu plein d'instruments tranchants
Sera l'enfer des houx méchants,
L'enfer de l'épine méchante.

CHANSON

C'EST ce soir nos noces, mignonne!
N'en faisons point part aux jaloux.
Nous serons seuls au rendez-vous,
Et nous n'inviterons personne.

Cependant, sous les arbrisseaux,
Là-bas, si nous voulons entendre
Un peu de musique très tendre,
Nous inviterons les oiseaux.

Et puis pour que tu me dévoiles
Sous une plus douce clarté
Les chers trésors de ta beauté,
Nous inviterons les étoiles.

Et nous inviterons les fleurs,
Les douces fleurs, pour que tu voies
La nature fêter nos joies
Dans les parfums et les couleurs.

AU LOUVRE

Avril, ce matin-là, fleurissait sur Paris,
Et le soleil vainqueur proclamait le mépris
De tout ce qui n'est pas la Vie et la Nature.
Mon âme y consentait; j'errais à l'aventure.
Or comme j'arrivais au Louvre, par hasard,
Je me sentis honteux d'avoir renié l'Art;
J'entrai dans le musée en relevant la tête,
Et je dis au Printemps : « Je dédaigne ta fête,

Et c'est ici que sont ma patrie et mes dieux. »
Ah ! j'eus tort d'offenser le Printemps radieux !
Il a repris sur moi trop vite sa revanche !
Voici que fraîche, et rose, et blonde, en robe blanche,
Une femme était là, dans le Salon carré,
Qui détourna la tête à peine, quand j'entrai.
Moi, j'aurais dû, fidèle au culte des chimères,
Ne pas voir cette femme aux charmes éphémères.
J'aurais dû... Mais le plus cher culte est en péril,
Quand paraît une femme et qu'on est en avril.
Tous mes yeux, tout mon cœur furent pour l'enfant blonde,
Et, ce jour-là, j'ai mal admiré la Joconde.

Le dernier Temple

LE DERNIER TEMPLE

O Poètes, et vous, Amants, je vous contemple
Qui célébrez en vous des cultes sans autel.
Mais l'enfant au front pur ne connaît qu'un seul temple.

C'est le temple où Jésus est présent et réel,
A qui les siècles morts, en longues théories,
Sont venus apporter un encens immortel.

Or, après eux, vêtu de blanches broderies,
Enfant, je vins aussi présenter à mon tour
Les rameaux d'olivier et les palmes fleuries.

Ainsi mon cœur était tout fleurissant d'amour,
Et, Jésus aimant bien mes offrandes mystiques,
L'extase a visité mon âme plus d'un jour.

Hélas! j'ai désappris les prières antiques,
Par où je pénétrais dans les cieux grands ouverts,
Au milieu des vapeurs d'encens et des cantiques.

Et, bien longtemps, j'errai dans la nuit, au travers
Des plaines où l'avril ne riait pas encore;
Les cieux n'étaient pas bleus, les prés n'étaient pas verts.

Bleuissez, verdissez! car l'amour vient d'éclore!
Et voici le printemps, et voici le matin!
Celle que j'attendais arrive avec l'aurore!

Elle fait oublier le paradis lointain
Dont j'avais tant rêvé dans les temples de pierres,
Au temps où j'y chantais les psaumes en latin.

Nos temples sont les bois et les bords des rivières !
Oh ! comme nous faisons de beaux rêves, depuis
Que l'Amour a posé les doigts sur nos paupières !

Ils sont si beaux qu'ils sont l'enchantement des nuits ;
La lune pense à nous, et les astres fidèles
Nous regardent dormir, à l'heure des minuits.

Les oiseaux ont tissé leurs nids ; les hirondelles,
Sachant que nos baisers ont ramené l'avril,
Ont repris les chemins du nord à tire-d'ailes.

Et durant bien des jours l'hiver fut en exil.
Je ne prévoyais pas, tant le cœur se rassure,
Que l'Automne mettrait mon amour en péril.

Le jour où j'ai senti la mortelle blessure,
Je me suis rappelé ce qu'a dit une voix :
« La femme est une enfant dont l'âme n'est pas sûre ! »

Hélas ! et tout me fuit, tout me quitte à la fois !
Les oiseaux ont cherché de plus douces retraites,
Et l'Amour sur mes yeux n'a plus posé les doigts.

Les étoiles là-haut, qui m'aimaient, sont distraites,
Ou peut-être elles ont choisi d'autres élus,
Et la lune à présent reste au-dessous des crêtes.

Les avrils sont finis, les printemps révolus !
Et les temples aimés, sans piliers et sans voûtes,
Qui n'étaient que feuillage et qu'azur, ne sont plus !

Voici qu'il faut chercher, sur de nouvelles routes,
Si quelque asile encor s'entr'ouvre au cœur humain,
Lorsque l'heure a sonné des suprêmes déroutes.

Il était tard, je l'ai trouvé sur mon chemin :
C'est le temple du Rêve, où j'arrivais sans joie,
Car déjà la Jeunesse avait quitté ma main.

Garde-moi, Dernier Temple où mon destin m'envoie ;
La tempête a soufflé dans le ciel obscurci ;
Ne me rejette pas sur la mauvaise voie.

Si tu veux m'accueillir et me prendre en merci,
Je fais vœu d'adorer les Rêves éphémères
Et les Illusions, qui sont les dieux d'ici.

Hélas ! puisque déjà de plus douces chimères
N'ont lui que pour un jour dans mon cœur radieux,
Je crains d'errer encor sur les routes amères :

J'ai peur de renier bientôt mes derniers dieux !

Épilogue

ÉPILOGUE

C'EST *ici le dernier problème,*
Et qui n'est jamais résolu :
Quelques-uns liront mon poëme ;
M'aimeront-ils de l'avoir lu ?

J'ai dit, à la première page,
Qu'il m'importait peu. J'ai menti.
Mais à présent je me dégage
De ce serment mal consenti.

A la fin, l'œuvre, commencée
Avec un sourire moqueur,
Nous devient sainte, et la pensée
Reçoit le sacrement du cœur.

Et j'aurai trop mis de mon âme
Dans ce volume, au jour le jour,
Pour être indifférent au blâme
Et ne pas demander d'amour.

Les savants, les économistes
S'inquiètent peu d'être aimés.
Nous, poètes, nous sommes tristes
Lorsque les cœurs nous sont fermés.

Table

TABLE

I

ÉLÉVATIONS

II

PÈLERINAGES SENTIMENTAUX

III

CHAPELLE MORTUAIRE

IV

FEUILLES D'ACANTHE

TABLE   191

Achevé d'imprimer

le quinze mai mil huit cent quatre-vingt-onze

PAR

ALPHONSE LEMERRE

25, RUE DES GRANDS-AUGUSTINS, 25

A PARIS

4. - 1332.

POÈTES CONTEMPORAINS

Volumes in-18 jésus, imprimés en caractères antiques sur beau papier vélin. Chaque volume, 3 francs.

Paris. — Imp. A. LEMERRE, 25, rue des Grands-Augustins. — 4. 1551.

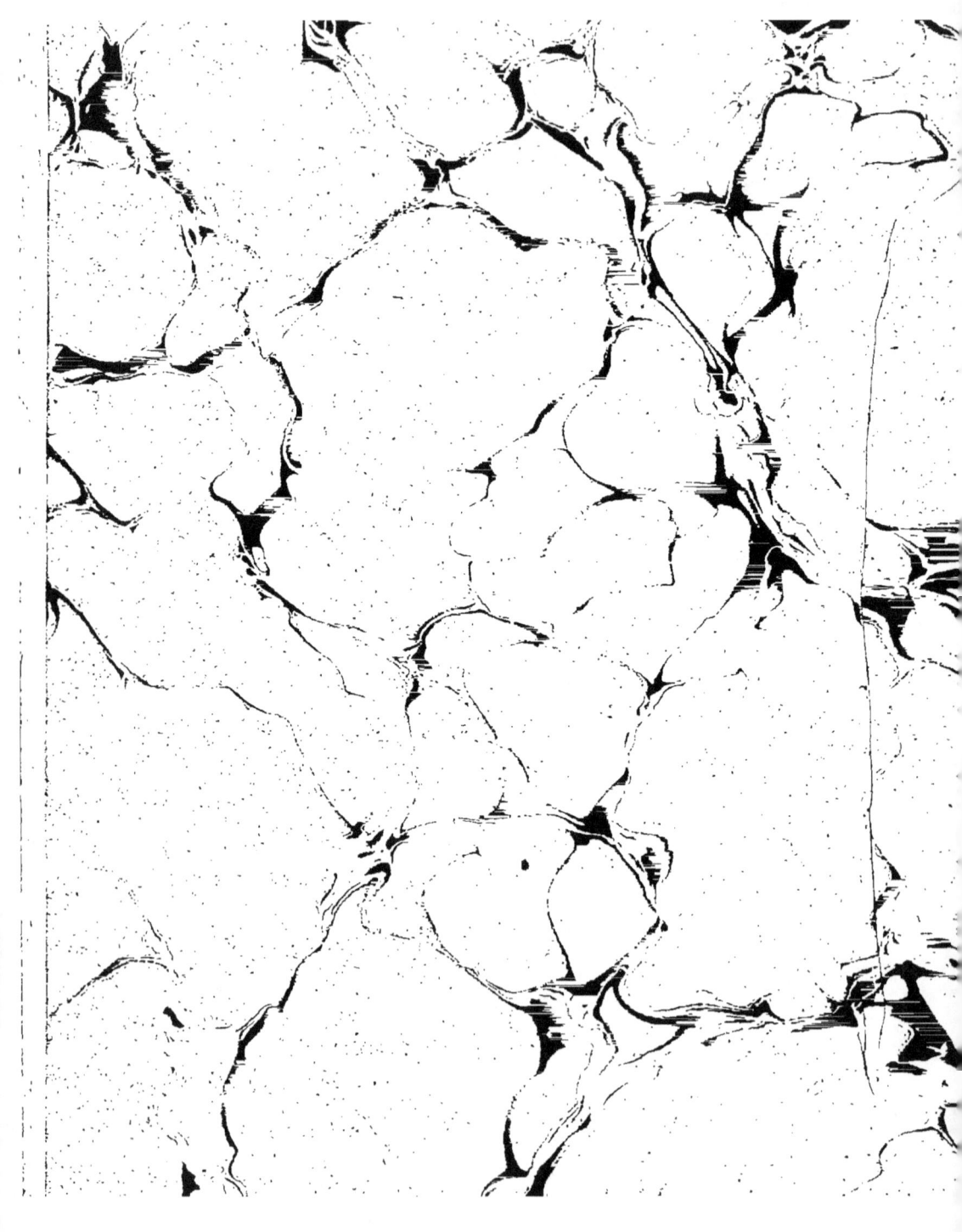

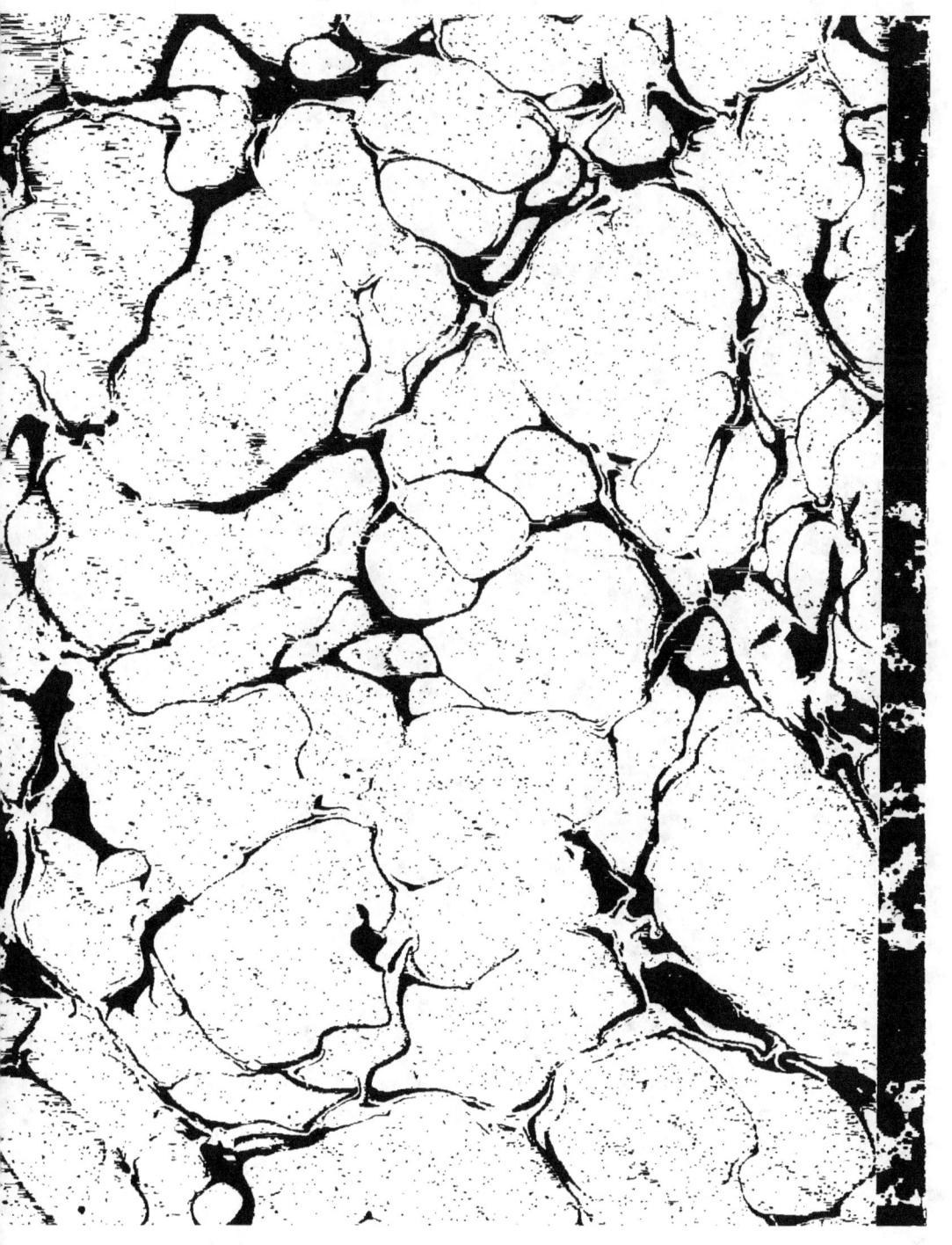

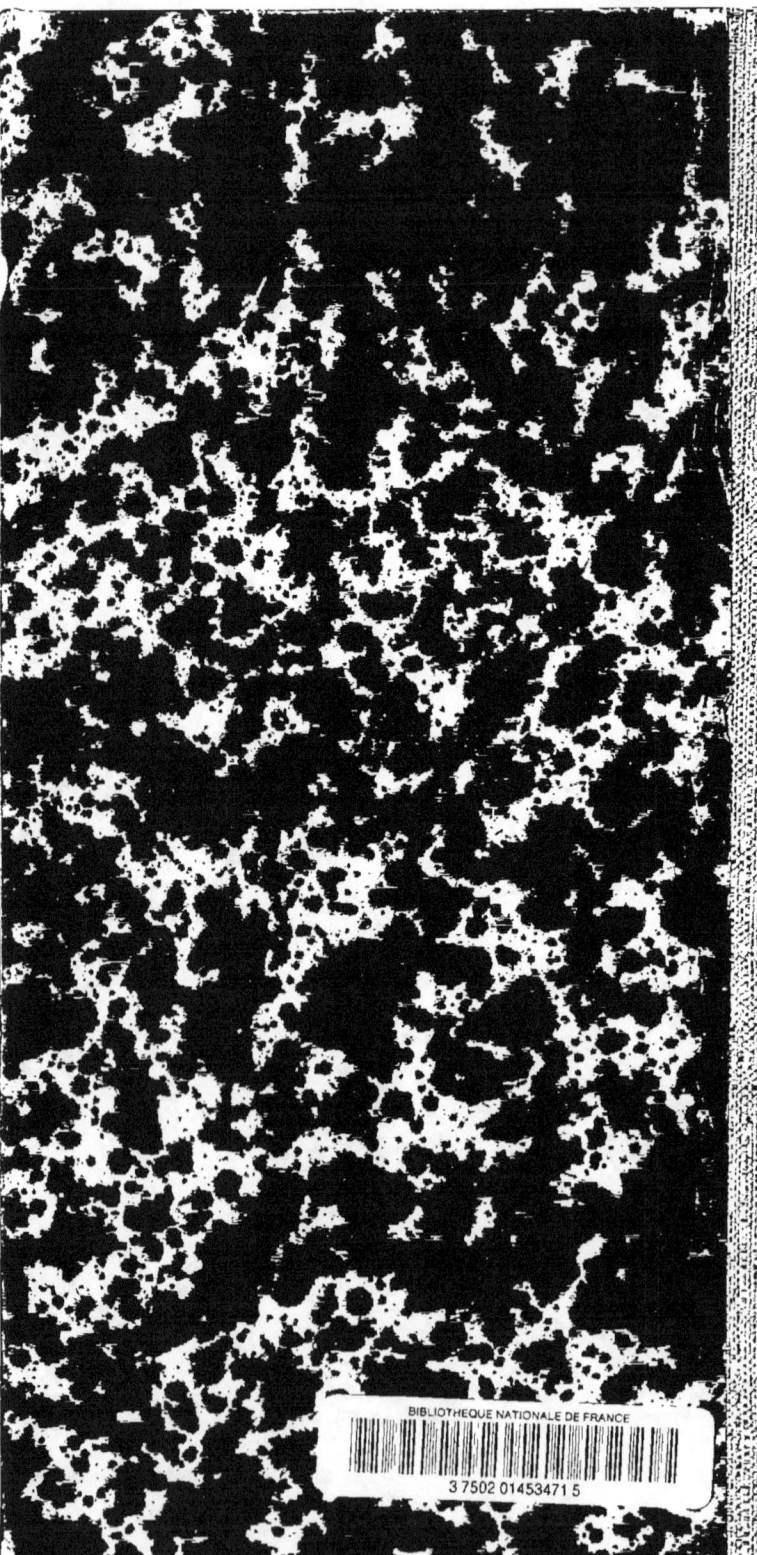

www.ingramcontent.com/pod-product-compliance
Lightning Source LLC
Chambersburg PA
CBHW051818020726
47502CB00005B/1508